ROBERT PINGET

PASSACAILLE

roman

LES ÉDITIONS DE MINUIT

PASSACAILLE

OUVRAGES DE ROBERT PINGET

Entre Fantoine et Agapa, nouvelles, 1951.
Mahu ou le matériau, roman, 1952.
Le renard et la boussole, roman, 1953.
Graal Flibuste, roman, 1956.
Baga, roman, 1958.
Le fiston, roman, 1959.
Lettre morte, théâtre, 1959.
La manivelle, théâtre, 1960.
Clope au dossier, roman, 1961.
Ici ou ailleurs, théâtre, 1961.
Architruc, théâtre, 1961.
L'hypothèse, théâtre, 1961.
L'inquisitoire, roman, 1962.
Autour de Mortin, théâtre, 1965.
Quelqu'un, roman, 1965.
Le Libera, roman, 1968.
Passacaille, roman, 1969.
Identité, théâtre, 1971.
Abel et Bela, théâtre, 1971.
Fable, récit, 1971.
Paralchimie, théâtre, 1973.
Nuit, théâtre, 1973.
Cette voix, roman, 1975.
L'apocryphe, roman, 1980.
Monsieur Songe, récit, 1982.
Le harnais, aphorismes, 1984.
Charrue, aphorismes, 1985.
Un testament bizarre, théâtre, 1986.
L'ennemi, roman, 1987.

ROBERT PINGET

PASSACAILLE

LES ÉDITIONS DE MINUIT

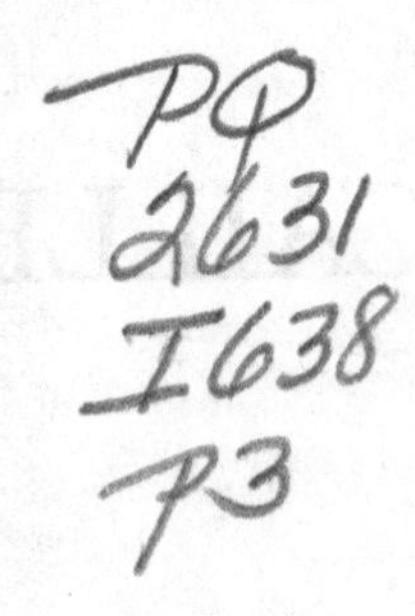

7, rue Bernard-Palissy — 75006 Paris

ISBN 2-7073-0086-1

Le calme. Le gris. De remous aucun. Quelque chose doit être cassé dans la mécanique mais rien ne transparaît. La pendule est sur la cheminée, les aiguilles marquent l'heure.

Quelqu'un dans la pièce froide viendrait d'entrer, la maison était fermée, c'était l'hiver.

Le gris. Le calme. Se serait assis devant la table. Transi de froid, jusqu'à la tombée de la nuit.

C'était l'hiver, le jardin mort, la cour herbue. Il n'y aurait personne pendant des mois, tout est en ordre.

La route qui conduit jusque-là côtoie des champs où il n'y avait rien. Des corbeaux s'envolent ou des pies, on voit mal, la nuit va tomber.

La pendule sur la cheminée est en marbre noir, cadran cerclé d'or et chiffres romains.

L'homme assis à cette table quelques heures avant retrouvé mort sur le fumier n'aurait pas été seul, une sentinelle veillait, un paysan sûr qui n'avait aperçu que le défunt un jour gris, froid, se serait approché de la fente du volet et l'aurait vu distinctement détraquer la pendule puis rester prostré sur sa chaise, les coudes sur la table, la tête dans les mains.

Comment se fier à ce murmure, l'oreille est en défaut.

Une cour entourée de bâtiments anciens, pavée et nette, rectangulaire, avec au nord donc à l'entrée un portail de bois blanc et deux massifs d'hortensias roses, avec au sud entre la grange et la porcherie, un peu en retrait, une plate-bande d'iris du plus bel effet au printemps, au couchant l'habitation, au levant un bois d'ormeaux, au centre la fontaine, bassin circulaire et usé, goulot en forme de chimère.

C'était bien avant ce temps qu'aurait commencé l'histoire mais que de prudence, que d'attention, il ne s'en serait révélé deux ou trois épisodes qu'avec difficulté, la source d'information défaillante à chaque instant, ce murmure presque inaudible entrecoupé de silences et de hoquets, de sorte qu'on aurait pu n'en pas tenir compte et faire tout débuter à l'heure de la pendule détraquée, quel parti prendre.

Il s'était assis à la table un jour de printemps, venant du dehors où tout éclatait de soleil, un bouquet d'iris à la main qu'il laissait tomber, défaillance subite, puis après un état d'inconscience ramassait, mettait dans un vase qu'il plaçait à côté de la pendule, quelques heures à peine séparaient la saison de la suivante ce qui laissait supposer s'il s'agissait d'iris que cette variété était tardive, on entendait mal, peut-être orchis, un bouquet d'orchis à l'heure du plein été lorsque les champs fleurissaient de toutes sortes de plantes, on l'avait vu revenir avec sa moisson, quel genre d'homme était-il pour fleurir ainsi sa demeure, la solitude déroute, passions inexplicables, manies, on ne sait jamais, prudence.

Il n'y aurait eu à la rigueur que ce voisin qu'il postait en sentinelle certains jours, ne donnant aucune raison de sa manie mais l'autre grassement payé ne rechignait pas, il surveillait en fumant sa pipe, relayé par sa femme qui gardait les chèvres et tricotait penchée sur ses aiguilles, elle oublie de relever la tête et n'aperçoit pas...

Le calme, le gris. Le cadavre est à plat ventre sur le fumier et l'enfant du voisin revenant de l'école l'aurait distingué entre les ormeaux, se serait approché, aurait touché légèrement l'épaule du corps inerte et aurait filé chez sa mère, le soir tombait, le père travaillait au potager, on l'appelait, on retournait sur les lieux, c'était bien ça, l'autre était déjà raide.

Il reste la tête dans les mains, ce n'est pas à proprement parler un malaise mais une absence, des heures, transi, puis se lève et ira faire le tour du jardin sans avoir ouvert les volets car le soir tombait, il a distingué entre les ormeaux l'enfant revenant de l'école, lui a peut-être fait un signe, aurait contourné le puits en chassant d'importuns souvenirs, traversé le pré de luzerne et dirigé ses pas vers les champs de maïs récolté à cette heure, c'était l'hiver, puis de betteraves jusqu'à la forêt.

Alors le voisin, sa femme et son enfant sont allés le reconnaître, il faisait nuit, avec une torche électrique, et quand ils ont constaté le décès l'homme a dit transportons-le chez lui, prends-le sous ce bras je le prends sous l'autre, ils l'ont traîné jusqu'à la chambre et l'ont couché sur le lit, la femme transpirait, il fallait maintenant prévenir la mairie et l'homme a dit j'y vais, fermons la maison d'ici que je revienne, toi retourne à ta cuisine avec le petit car il avait faim, ce n'était pas le premier mort qu'il voyait de près, la femme et l'enfant sont repartis, lui a fermé la porte, la clef était dans la serrure, il se retournait, braquait sa torche sur la façade tous volets clos, rien ne trahissait l'accident, il n'y avait pas eu de témoin et personne censé savoir que le propriétaire était revenu ce jour gris d'hiver pour inspection, remettait la clef dans la serrure et rouvrait la porte, on ne sait jamais, prudence, puis allait du côté du village.

La route qui conduit jusque-là côtoie des champs où il n'y avait rien. Des corbeaux s'envolent ou des pies, on voit mal, la nuit va tomber.

Quelque chose de cassé dans la mécanique.

Dans le livre qu'il feuilletait une image vieillotte qui faisait ses délices, drôle de bonhomme, passions inexplicables, le murmure faiblissait, remâchant ses jours sans gaieté, les conversations avec le docteur, les allées et venues dans la cour pavée, la solitude.

Le difficile pour qui a pris à travers champs est de retrouver la route trois kilomètres plus loin, il y a de la boue dans les chemins de terre à cette saison, ensuite des prés inondés qu'il faut contourner par la gauche, puis le marais jouxtant le bois de pins qui est un endroit bien étrange, plein de carcasses d'oiseaux et de plumes parmi les ronces, la nature lorsqu'elle reprend ses droits au milieu des cultures est plus inquiétante qu'en forêt vierge, ensuite tourner à droite, il y a une ancienne carrière, des haies d'épines et des espaces labourés et mous qu'on ne peut franchir sans mal.

Le voisin descendait au village un matin gris et froid, il allait prévenir le mécanicien que son tracteur embourbé dans un champ ne réagissait plus au démarreur, il avait bricolé en vain dans le moteur toute la soirée de la veille, n'y comprenait rien, l'autre monterait avec sa dépanneuse, foutue dépense qui s'ajoutait à celle de l'été pour le même engin.

Le voisin la veille au soir bricole dans son moteur à la lumière d'une torche électrique et d'un falot-tempête posé d'abord sur le siège de l'engin puis en équilibre sur le pneu gauche avant.

Mais la gardeuse de chèvres penchée sur son tricot avait sursauté à son approche, il avait plaisanté disant quelque chose comme vous n'avez pas la conscience tranquille, on entendait mal, la femme avait ri, bouche édentée, joues rouges de pomme d'api, petits yeux vairons, on la dit finaude.

Se dirigeait donc du côté de la forêt par

les chemins de terre et stoppait devant le niveau exceptionnel de l'eau dans le marais, devait faire un détour de près d'un kilomètre pour atteindre le bois et débouchant sur la butte de pins aurait aperçu à main gauche quelque cent mètres plus loin le tracteur embourbé puis venant par la route la dépanneuse au mécanicien. Mouvement de recul. Crainte d'être vu.

Puis se remettait à sa lecture, des heures, transi de froid, dans cette pièce close, la nuit était noire, personne à moins d'être collé à la fente du volet ne se douterait de sa présence en cette saison, la gardeuse de chèvres rentrée depuis longtemps avec ses bêtes, le voisin lui aussi revenu du village, c'était l'hiver, la pluie commençait à tomber, on entendait les premières gouttes frapper le pavé de la cour.

Ce cadavre sur le fumier.

Quelque chose de cassé dans le moteur.

La cour herbue aujourd'hui, plus trace de l'ancien pavé mais les proportions sont restées belles entre les bâtiments, peu de changement si ce n'est un hangar de tôle au nord, quelques ormeaux de plus au levant et des pierres en moins sur le faîte du puits, peu de chose, un œil non averti n'y aurait rien perçu mais la conscience ne se résout pas à tricher, les beaux jours étaient révolus, la solitude qui passait pour légère était devenue intolérable, l'image du livre feuilleté vieillotte, par la fente du volet agrandie quelqu'un du dehors aurait vu distinctement cette pièce froide à la clarté de la lampe et le liseur accoudé à la table, il ne bouge plus, les aiguilles de la pendule sont tombées du cadran.

Alors ils sont venus avec le maire et le docteur, la porte était restée ouverte, et ils ont vu l'homme affalé sur la table, le livre tombé par terre, ils ont voulu soulever le cadavre qui était déjà raide, ils l'ont posé comme ça sur le fauteuil près de la cheminée, recroquevillé, en biais, on attendrait qu'il se détende, ça ne sentait pas encore grâce au froid, la voisine a préparé le lit où on le coucherait quelques heures le temps des formalités qui seraient simplifiées puisqu'il n'y a pas de survivant, ils ont trouvé dans le tiroir de la table un testament à remettre au juge, ils se demandaient ce qu'il pouvait bien y avoir d'écrit, les bâtiments ne valent rien, une ruine de plus dans le pays qui en comptait déjà pas mal.

La sentinelle aurait aperçu quelque chose du côté des ormeaux, elle aurait attendu, guettant la sortie du bois vers la grange, mais rien ne se manifestait plus, elle serait allée voir, nulle trace de personne, la nuit allait descendre accompagnée de ses fantasmes, qui sait ce soir-là jusqu'où iraient leurs invites, il fallait être sur ses gardes, ne pas broncher.

Il y avait eu cette grande amitié pour le docteur, des années, ils ne pouvaient se passer l'un de l'autre, des promenades en forêt jusqu'à la nuit tombée, des conversations au coin du feu, ces sortes de choses sans relief mais eux ne s'y trompaient pas, ils avaient fait ensemble la moitié de la route et soudain l'un mourait et soudain le survivant était étranger à lui-même, ne retrouvait rien de ses goûts, il n'y aurait plus de feu dans la cheminée.

Le paysan posté au coin de la haie expliquait qu'il avait vu le mécano venir avec sa dépanneuse, il se dirigeait par la route vers le marais, et qu'il s'était demandé si ce n'était pas encore l'engin au voisin qui avait fait des siennes, une machine achetée d'occasion l'année précédente et qui ne lui causait que des ennuis, comme quoi rien ne remplace le neuf, or c'était par pingrerie, il le connaissait, déjà tout jeune impossible de lui tirer un sou, alors qu'il n'aille pas se plaindre, le mécanicien lui n'y voit rien à redire, le dépannage est son métier, il lui aurait fait un signe, accompagné qu'il était de son apprenti.

Quelques images qu'il fallait amplifier, débarrasser de leurs scories, enténébrer jusqu'au moment où devenues interchangeables leur différence profonde ferait surgir un monde d'agressivité et de déroute, c'était la tâche qu'il s'était imposée à cette table même, dans cette maison froide hantée par des années d'insouciance, tout y prenait l'accent de la nostalgie et certains soirs de la terreur, fantasmes de la nuit qui ne laissent rien intact des suggestions de la mémoire.

Travail de notation en marge.

Mais le docteur poursuivait, il s'était rendu chez le maître ce jour-là dès le matin vers dix heures pour passer la journée avec son vieux camarade, il n'avait déjà plus guère de clientèle à cette époque, presque à la retraite, il n'avait trouvé personne, s'est installé sur la terrasse donc au sud derrière la maison, on ne pouvait le voir du portail, pensant que le maître qui devait faire un tour dans le bois du marais ou dans la forêt serait de retour avant midi, le paysan qui prétend faire la garde certains jours a dû passer sur la petite route aux environs de dix heures et demie et ne voyant personne dans la cour est allé du côté de la cuisine, il serait entré et aurait déposé sur la table un canard commandé par la bonne, il serait resté un certain temps dans la cuisine, aurait fouillé le tiroir de la table et même dans la salle à manger la grande armoire où le maître rangeait ses papiers.

Le calme, le gris. Des corbeaux ou des

pies s'envolent effrayés par le bruit de la dépanneuse qui suit la petite route. Ciel plombé, traces de givre.

A sa table dans la maison froide le maître reprenant le livre notait en marge d'une phrase murmurée, on entendait mal, ténèbres, fantasmes de la nuit, l'histoire demeurera secrète, sans faille sur l'extérieur. Quelque chose de cassé dans la mécanique.

Mais sa domestique sur les sept heures du soir entrait dans la salle obscure et disait en allumant la lampe ça c'est bien vous, n'allez pas me dire que vous travailliez, est-ce qu'il est permis de rêvasser comme ça, que monsieur me permette de mettre la table, elle repoussait vers la gauche les papiers, lui se levait et attisait le feu.

Quelques images à débarrasser de leurs scories pour découvrir au fond de leur trame la déroute, la détresse, puis progressivement l'accalmie, que d'années de ce travail, ténèbres jamais assez denses, fantasmes à l'état de hoquets, la nuit ne surgirait qu'impromptu lorsqu'elle ne serait plus désirée.

Racontait l'histoire de sa mort qu'il avait imaginée dans le détail, amplifiée avec les années, tragique ou touchante suivant les soirs, devant le feu, la bouteille de gniole sur la table, si bien que le docteur s'endormait au bercement du char funèbre et que l'autre mêlait à ses souvenirs de nouveaux épisodes qui feraient l'objet de commentaires la fois suivante ou qu'il retranchait de la version définitive peu avant d'aller dormir mais le rêve refondait tout, bouleversait l'ordre et le conteur n'avait pas assez du lendemain pour rendre au récit sa vraisemblance.

La sentinelle avait vu passer le mécano qui n'allait pas vers le marais mais dans la direction opposée, le docteur avant de s'installer sur la terrasse avait fait le tour de la maison, il avait essayé d'entrer par la cuisine qui était fermée, c'était probablement le jour de sortie de la bonne, on était en période de moissons, la terrasse exposée au midi était déjà étouffante à cette heure et le docteur a dressé le parasol au centre de la table de fer, il s'est étendu sur un fauteuil transatlantique rayé de bleu, il avait pris dans la salle le livre aux images vieillottes et le feuilletait lorsque l'homme au canard aurait appelé dans la cour, le docteur aurait répondu, l'autre l'aurait rejoint et aurait déposé la volaille sur la table.

Lorsqu'on descendait de la terrasse vers la rivière on traversait un jardin en étages, un premier terre-plein présentait à droite et à gauche de l'escalier des parterres de roses au milieu desquels un piédestal supportait un vase à bas-relief mythologique, du buis bordait chaque plate-bande et des ifs occupaient les angles des carrés, une balustrade séparait ce premier plan du suivant où des bassins remplaçaient les parterres, le centre de chacun orné d'un jet d'eau, aux deux bouts des orangers autour d'un buste de satyre ou de nymphe des bois.

A sa table notait en marge d'une phrase creuse sur le bonheur à revoir sans passion, comme si de toute logique...

La bonne apportait le potage, le maître se servait distraitement, il en était à son déménagement de la ville, centième redite, lorsqu'on frappa à la porte extérieure, il va ouvrir, c'est l'enfant qui apporte un canard, il lui donne deux sous pour sa peine et le petit s'en va, il appelle la domestique et lui fait mettre la volaille au frigo, elle débarrassait ensuite la table et le maître notait en marge du livre...

Belle façade sur le jardin, six fenêtres à l'étage, toiture d'ardoise et tourelles de même qui flanquent les angles d'une demeure quasi seigneuriale où se morfondait le propriétaire neurasthénique et radin.

Le calme. Le gris. Des corbeaux ou des pies s'envolent du champ de betteraves et vont se percher sur un orme.

Le maître sur sa terrasse à la table de fer rédigeait ses souvenirs, il en était à son déménagement de la capitale dans une bourgade de la côte ou de la forêt, on entendait mal, le docteur arpentait le terre-plein inférieur, temps d'automne, bleuté de l'air.

Si j'avais su disait-il que tant d'efforts

aboutissent à cette misère, la rédaction pour une feuille mensuelle de mes mémoires, mais le médecin le réconfortait, c'était une activité comme une autre avec même quelque chose de plus, l'aura littéraire, il n'y avait pas de quoi se morfondre, bien des existences qu'il connaissait se terminaient de façon moins satisfaisante, il avait en définitive tout le nécessaire et des loisirs, important les loisirs, que ferait-il sans ses promenades en forêt, sans les délicieuses causeries au coin du feu, sans les soins de sa bonne, bref centième redite sur la terrasse un beau jour d'automne, ils en étaient au café, le docteur allait s'endormir et l'autre supputait le prix de construction d'une serre en contrebas du jardin français.

Ou seul, affalé sur la table dans cette pièce froide un jour d'hiver, plus de feu dans la cheminée, porte ouverte sur la cour herbue au centre des bâtiments en ruine, le vent soufflait dans les ormeaux, l'enfant des voisins était revenu de l'école, la nuit tombait.

Alors elle disait monsieur pourrait tout de même faire réparer la pendule, je ne sais jamais l'heure, mon réveil retarde, à quoi il répondait faites réparer votre réveil, tenez demandez au docteur après tout, plaisanterie ancienne, la bonne retournait à sa cuisine, elle servirait d'un moment à l'autre, il reprenait sa lecture.

Ces années passées dans l'attente d'on ne savait quoi puis sans plus attendre, on finissait par le montrer du doigt et les mères disaient à leurs marmots qu'elles les feraient manger par le vieux s'ils n'étaient pas sages, son chapeau sur le crâne et ses bottes de cuir jaune ou rouge, on distinguait mal, qui reprenait la route du marais et disparaissait au coin de la carrière.

Il avait bien ruminé cette histoire de cadavre et lui donnait son assentiment, hésitant toutefois au sujet de l'heure et de l'enfant mais c'était de peu d'importance, un fumier quoi de plus convenable.

Il était arrivé un jour gris, était entré par la cuisine, n'avait pas ouvert le volet car le soir allait tomber, il avait traversé la grande pièce et vu sur la table le bouquet fané et le livre, aurait remis à plus tard sa lecture et serait ressorti par la cour puis faisait le tour du jardin et distinguait sur le fumier... le tout parfaitement logique, sans bavure.

Rédigeait ses souvenirs entre deux ivresses, source d'information défaillante, l'époque de la ville et des rendez-vous sur le mail, que les printemps sont courts, ces déménagements sans fin à la recherche d'on ne savait quoi et maintenant les terreurs nocturnes, appels murmurés, fantasmes qui surgissent malgré la lueur de la lampe, une détresse sans mesure.

D'une année à l'autre ces grands changements en profondeur.

Le marais aux carcasses d'oiseaux.

La gardeuse de chèvres était sortie vers dix heures avec son troupeau, six bêtes suie et cendre, elle avait suivi la petite route du marais en boitillant, son pliant sous le bras, son fichu noir sur la tête, le chien caracolait à côté d'elle, un ratier qui mordille le jarret des bêtes sans connaître son métier, ils ont disparu au coin de la carrière, il faisait un temps bleuté et glacial de décembre, du givre, de la boue durcie, le mécano avec sa dépanneuse qui venait en sens contraire les aurait rencontrés beaucoup plus loin que le marais, ce qui s'expliquait mal vu l'allure de la vieille mais il arrive à la campagne que quelques instants d'inattention suffisent à brouiller la notion du temps, peut-être à changer l'allure même des promeneurs, vous les voyiez traîner la jambe ou flâner le long de la route, vous ne les voyez plus quelques instants plus tard.

Elle a repris souffle un moment, regardant dans la direction du village qu'on ne voit pas de là, un champ en pente douce rejoint l'horizon, des corbeaux ou des pies s'envolaient et se perchaient sur un orme, des vanneaux picoraient dans un labour ou gagnaient le marais, le petit chien s'est mis à aboyer lorsqu'il a vu déboucher la dépanneuse à un kilomètre environ, les mouvements sont aussi rares que les bruits dans ce coin de terre, il a couru quelque vingt mètres, la vieille l'a rappelé et s'est remise en marche, la dépanneuse disparaissait ensuite à l'autre bout de la carrière où la route redescend, les chèvres qui commençaient à brouter le long du chemin sont reparties aussi avec des sauts brusques, des chapelets de crottes et des bêlements.

Dans le jardin le docteur après avoir fait le tour des parterres s'est installé dans son transatlantique où il lisait le livre vieillot, un pastis à la main, l'homme au canard est arrivé par le terre-plein du bas qui donne accès à un petit portail, il venait de la direction du marais car il a dit au docteur j'ai vu monter le mécanicien avec sa dépanneuse, encore le tracteur au voisin je parie, pourquoi faire acquisition de matériel de rencontre, il sera bien toujours le même, une guêpe est tombée dans le verre de pastis, le docteur dit à propos voulez-vous un pastis, allez donc prendre un verre vous connaissez le chemin, c'est alors que l'homme serait passé par la cuisine et il revient avec son verre en disant comment se fait-il que la bonne n'y soit pas, ce n'est pas jeudi que je sache, on lui explique qu'elle est à l'enterrement du facteur trouvé mort sur son fumier trois jours avant, l'homme au canard dit je m'en doutais je veux dire qu'il finirait comme ça, il était saoul toute la journée, car il n'était pas encore au courant du décès vu sa tournée ces jours-ci aux confins de notre région, il est éleveur et passe avec sa camionnette tous les mercredis prendre ou livrer des commandes, très bonne volaille nourrie au grain, il sirotait son apéro en disant c'est curieux figurez-vous à force de sillonner le pays j'ai comment dired es absences, il me semble parfois me trouver ailleurs ou en autre saison, comme ça d'un seul coup, pas plus tard que tout à l'heure j'étais en plein hiver sur une route, ça ne dure pas mais faut-il me méfier, qu'en pensez-vous docteur, l'autre répond surveillez votre foie et passez me voir, je prendrai votre tension.

Des absences oui, quelque chose de cassé, comme si ce qu'il venait de dire s'était produit en d'autre temps ou que ce n'était pas lui au moment qu'il parle, Dieu que c'est compliqué, ou qu'à cause de la longueur de la route, parce qu'il la fait si souvent ou qu'il ne l'a pas faite avec l'attention voulue ou qu'elle se fasse toute seule ailleurs avec la camionnette à n'importe qui... passez me voir répétait le docteur, et ils sirotaient leur pastis l'un en se tourmentant au sujet de cette maladie étrange, l'autre en clignant des yeux sous l'admirable lumière, ce fond de paysage bleuté, la forêt à l'horizon, les champs de colza et les noyers verts.

Le maître serait rentré aux environs d'une heure, il remontait le jardin en étages et les voyait tous deux sur la terrasse, après une salutation il s'asseyait à son tour, se versait un pastis et s'étonnait de trouver le docteur à ces heures ce jour-là, il n'avait pas prévu de déjeuner mais ça n'avait aucune importance, ils mangeraient les restes d'hier avec une bonne salade, le volailler a dû repartir vers une heure et quart et les autres ont siroté encore une bonne demi-heure, le maître disait être allé jusqu'au marais et avoir aperçu la dépanneuse, le docteur souriait, décidément vous êtes des gens heureux, le seul fait de la matinée, ce tracteur embourbé ou je ne sais quoi est commenté par tout le monde comme s'il s'agissait d'un événement, car il avait croisé un autre voisin en venant.

Alors n'en pouvant plus d'attendre ces deux ivrognes la servante est venue sur la terrasse et elle a dit monsieur est servi, formule désuète qui amusait le docteur, le canard sera brûlé, ce ne sera pas de ma faute.

Dans la pièce glaciale feuilletait le livre, soir de décembre, la pendule marquait l'heure de la bonne, la pluie martelait le pavé de la cour.

Une ondée d'avril, le jardin nettoyé, le projet de serre en contrebas, un merle par deux notes ressuscitait l'enfance, tout allait reprendre au printemps.

Ce murmure entrecoupé de silences et de hoquets.

Puis l'autre est reparti et vers la fin de la journée quelqu'un l'aurait revu du côté du marais, on l'apprenait au café où les conversations s'entrecroisent et se mêlent, une oreille peu attentive ne suit pas le fil des discours et la bibine aidant tout se confond dans une espèce de bourdon toujours pareil, hiver comme été, de sorte qu'on pourrait...

Ou la gardeuse de chèvres par cette matinée rose et bleue aurait bifurqué bien avant la carrière pour prendre la route du village, se serait installée dans le recoin que forme le mur du clos et la grange au voisin, à l'abri du courant d'air, et tricotait pendant que le ratier caracolait dans les chaumes, il s'amuse d'une souris, d'un insecte, d'une ombre, de sa propre queue et part soudain en rond ventre à terre, un autre rond, un demi-autre, stoppe brusquement, renifle quelque chose et accourt vers sa maîtresse qui lui donne une tape sur le museau, il n'apprendra jamais rien, les chèvres sont en train de brouter la haie, la vieille se lève et crie, elle menace de son bâton, elle se déplace en boitillant et laisse filer des mailles à son tricot.

Et lorsqu'elle est rentrée elle a croisé le maître qui revenait du marais, il lui aura dit quel froid, êtes-vous bien chauffée, l'autre répondait oui ou non, on entendait mal, on la voyait faire un geste vague, on imaginait sa face de pomme d'api et son sourire édenté, trop loin pour saisir le détail, ils se disaient autre chose, une minute peut-être, lui désignait la direction du marais, on les voyait se séparer, il devait être une heure, à la soupe, le ciel se voilait déjà, bientôt la pluie, comment compter de nos jours sur une saison normale.

Ne laissent rien intact des suggestions de la mémoire.

De nouveau la nuit, de nouveau clore les volets, de nouveau cette plainte qui ne tarira plus, dans l'oreille profonde, et qui fait qu'on entend si mal les remous de la surface.

C'était quand même quelque chose cette fin tragique sur un fumier, on avait averti le docteur qui contrairement aux prévisions du défunt montrait une douleur sincère, il est bouleversé, il se plante au milieu de la pièce, il ne peut détacher les yeux du corps recroquevillé dans le fauteuil, la voisine lui pousse une chaise, le force à s'asseoir et va à la cuisine faire chauffer du café.

Mais l'enfant du voisin avait tant d'imagination, un enfant nerveux, impressionnable, qu'il aurait pris pour un cadavre l'épouvantail à moineaux jeté sur le fumier par un coup de vent ou déposé là par le maître, qu'il ne s'en serait donc pas approché mais aurait alerté ses parents lesquels une fois sur les lieux...

Fantasmes de la nuit et d'hier et de demain, la mort au moindre défaut de la pensée comme en telle scène d'intérieur une fenêtre ouverte sur le désert, le vide dont on se gare par des occupations domestiques, inéluctables.

La sentinelle postée derrière le bois aurait vu s'approcher quelqu'un qui aurait contourné la maison au petit matin par ce froid humide qui vous transperce, elle s'était déplacée pour surveiller l'entrée de la cuisine, puis plus rien, s'approchait de la bâtisse, en faisait le tour, aucune trace si ce n'est sur le banc côté sud un sécateur oublié de l'automne, déjà rouillé, qu'elle mettait dans sa poche.

La sentinelle, un paysan rusé qui prétend souffrir de troubles nerveux difficilement contrôlables.

Et l'autre personne il y avait de ça des années qui surveillait le maître de sa fenêtre...

Le calme, le gris. Un vieux pigeon marchote sur le toit de la grange. Une flaque d'eau s'étend au milieu de la cour herbue. Du côté sud un petit groupe de pruniers sans feuilles.

Le docteur comme un vieux pigeon traînait la patte dans quelque préau d'asile ou poussé par une infirmière s'enrhumait sous la couverture, le maître lui rendait visite et entre deux chandelles l'égrotant bafouillait des excuses ou des souvenirs, on entendait mal.

Quand soudain la bonne apparaît et dit n'allez pas prétendre que vous travailliez, je vous ai vu guetter à la fenêtre.

Quelque chose de détraqué dans l'heure.

La mère dans le wagon de l'exil. Puis dans le jardinet de banlieue qu'ils avaient élu. Jusqu'au jour où la page tournée on ne l'imagina plus que fleurie de pâquerettes dans sa robe de jeune fille.

La sentinelle postée au coin du bois se frottait les yeux au petit matin et voyait sur le fumier la dépouille d'un animal pattes en l'air, panse ouverte.

Sur ce bout de gazon sanglant où jouait l'enfant du voisin, angoisse indicible, quand tous les revenants d'ailleurs auraient émigré une ultime fois dans les replis de la mémoire.

En marge d'une phrase creuse.

Détériorés par la moisissure ils se traînaient par masses ou se hissaient sur les poutrelles ou plongeaient dans les caves par des trappes.

Source d'information défaillante.

A tâcher de saisir ce murmure entre deux hoquets il s'était d'abord aiguisé l'ouïe tant que jeunesse durait puis la courbe dépassée la perdait progressivement pour aboutir peu avant l'époque dite à la surdité compacte, aux grésillements internes, aux vertiges et aux céphalées mais sa volonté aidant, tel un musicien de bazar, reconstituait une manière de passacaille.

Le calme, le gris.

En descendant de chez le maître où il avait livré son canard l'homme est tombé dans un fossé avec sa camionnette et il est resté coincé dessous une bonne heure jusqu'au moment où les enfants retour de l'école l'ont découvert et sont allés prévenir le gendarme qui a prévenu le mécanicien lesquels rejoints par d'autres ahanaient pour redresser l'engin, oh hisse, enfin le chauffeur peut être dégagé, il n'avait qu'une jambe cassée et le voisin s'est offert à le conduire à l'hôpital, l'homme geignait comme une femme, on n'aurait pas cru lui si costaud, le docteur qui ne pratique plus qu'à l'occasion disait que les soins à l'hôpital n'étaient pas des meilleurs, que dans ces cas-là un examen complet était indiqué, la tête peut aussi en avoir pris un coup, ensuite c'est-à-dire le soir au café le mécanicien expliquait le genre de manœuvre qu'il fait à chaque fois, ce n'était pas la première, avec sa dépanneuse, mais on ne savait pas s'il parlait de la camionnette ou du tracteur, trop loin, bruit assourdissant de ces voix et de l'appareil à tilt, à se demander quel profit en tiraient les habitués mais le calme et la réflexion ne sont guère à l'honneur chez nous, le bruit s'immisce dans les domiciles les plus retirés sous forme de cacophonies sans fil, chansons douces et autres parasites.

Cependant le jardin sous la blanche, les giboulées, les rafales, préparait en douce ses surprises bien simplettes, ses petits poncifs, ses joies d'enfant...

Dans la pièce froide le livre tombé par terre.

Ou le sécateur oublié sur le banc.

Ou le souvenir de la bonne comme un astringent d'usage traditionnel.

Des corbeaux s'envolent en croassant, mauvais présage, on se demandait ce qu'on avait transgressé ou omis, conscience jamais tranquille, le docteur sur la terrasse relevant les yeux de son journal disait souviens-toi de ce vol de corbeaux était-ce janvier ou février, tel malheur aurait fondu sur le village, adieu les beaux projets...

Des corbeaux ou des pies.

Centième redite.

Ces images à débarrasser de leurs scories.

Pour ce qui est de la gardeuse de chèvres comptant les mailles de son tricot elle s'était endormie, ses bêtes s'approchaient du marais et poussées par la gourmandise ou la curiosité s'y aventurent, s'enlisent, la boiteuse ne les rejoint que sur le tard, le soir tombait, comme le mécanicien pénétrait au café.

Pendant que le maître qui se croyait seul se levait de sa chaise, allait vers la cheminée, hésitait une seconde puis cassait les aiguilles de la pendule, geste de maniaque, ce ne serait que le lendemain revenu à lui qu'il aurait tant bien que mal recollé les aiguilles au cadran pour ne pas alerter la bonne.

Et l'autre quittant la fente du volet refaisait le tour du bois, repassait devant le fumier où l'épouvantail gisait bras en croix, reprenait la main de son petit garçon et tous deux s'acheminent vers les pâturages, ciel pâle et pur, givre sur les brins d'herbe, glace dans les creux de la route, vrai temps d'hiver qui vous recroqueville sous la veste et vous serre le crâne.

Chèvres qui s'enlisent.

Que faire de ces bribes.

Peu à peu s'effaçaient dans sa mémoire les traits d'autrefois, les noms, les mots, comme si l'immense vague de l'exil... ou le fait que... plus rien ni personne, une grisaille annonçant la nuit, il finirait par se réfugier derrière le fourneau avec les torchons, coin bien tranquille, rêvant de soupe au lard en se grattant le bas-ventre.

Et l'autre quittant la fente du volet refaisait le tour du bois, il vit courir quelqu'un en direction du marais, comment le suivre, le soir tombait, il reprend la main de son petit garçon et passe devant le fumier où la vache morte fait une tache claire, on aura des soupçons, un tel l'aurait abattue mais on ne trouve aucune raison de l'interroger, pourquoi s'en prendre à cette bête, elle a crevé d'un coup de froid, nulle trace de blessure, et la patronne qui répétait une si bonne laitière.

Une vieille jalousie expliquait le père, il avait fréquenté la patronne jeune fille et entre voisins... ou quelque chose comme le soupçon qu'on avait eu que l'autre mettait de l'eau dans son lait, la honte et la haine s'en mêlent et il empoisonne la vache en place du patron.

S'approche du cadavre, détache la tétine de son canif et la jette en passant dans la grange au voisin, il faisait sombre, on distinguait un rai de lumière par le volet de la cuisine, aucun bruit.

Ce cadavre mutilé, braguette ensanglantée.

Ce qu'ils auraient pu être ces jours de transition éclairés par autre chose que la lumière du jugement, une façon de prévoir la suite avec sérénité car elle est longue, la voilà dévoyée à jamais, à quoi bon s'ingénier.

Le mail de la ville. Fausses perspectives entre les arbres. Des amours flottantes et blanchâtres par l'entrebâillement de portes imaginaires vous invitaient le dimanche aux accents des Te Deum. Cette fermentation jusqu'à la fosse, pas de quoi s'étonner de la propreté des carcasses si vite, si vite.

La servante emporte la soupe et revient avec une tétine sur un plat. Ils se mettent à mastiquer. Du lait leur coule au menton et des filets de sang.

Pour en revenir à la gardeuse de chèvres dit-elle en apportant le café je l'ai vue guetter l'arrivée de la camionnette, elle s'est arrêtée longtemps en chemin sous couleur de reprendre souffle mais vous la connaissez, finaude, et le fait qu'elle n'ait pas pris son chien est-ce que vous y voyez un hasard, pas du tout, alors que le maître se souvenait d'avoir vu caracoler le clebs dans les chaumes, le docteur concluait que rien de ce que nous voyons n'a manqué d'être imaginé au préalable.

L'histoire demeurera secrète, sans faille sur l'extérieur.

Et repensant plus tard dans la pièce froide à ce qu'il avait affirmé à la légère ne plus envisager que par bribes il restait prostré sur sa chaise, figure de guignol, mains pendantes, nez rougi, avec comme au revers des larmes ce rire saugrenu et douloureux qui se muait en hoquet, aucune explication possible sinon... et de nouveau la servante rappliquait, allumait la lampe et disait vous ne me direz pas.

Travail de notation en marge.

Il se ressaisissait après le café et pondait sa page de souvenirs, cherchant l'anecdote, toute l'après-midi, le jour baissait, pour cette feuille mensuelle, dernière ressource, quand la bonne réapparaissait avec la soupe, monsieur est servi, selon un rythme fixe, phrases qui reviennent du déluge, mêmes arrangements pour piano seul, mais qu'est-ce qui se passe, rien, il ne se passe rien, le wagon partait pour l'exil avec son contingent de paumés, ils arriveront bien un jour, ouvriront les rideaux au petit matin et trouveront...

Dans la pièce chauffée les deux amis verre en main évoquent des souvenirs. Belle vaisselle accrochée aux murs, vieux meubles qui reluisent sous le chiffon de la bonne, maison cossue, point de souci pressant. Dehors le jour baisse, des nuages s'amoncellent, il pleuvra avant la nuit. La dernière poule dans la cour rejoint le poulailler. On entend criailler les pintades. Des corbeaux ou des pies s'envolent du champ voisin et vont se percher sur un orme. Un tracteur rejoint la route, venant des labours, et disparaît au tournant de la carrière. Du côté des voisins, bruit de hache sur le billot.

Comme si la chronique de ces instants sans nombre...

Et l'autre quittant la fente du volet rejoignait son troupeau en boitillant, sifflait son clebs qui tournoyait dans les chaumes et raconte en rentrant du pâturage qu'elle a vu la dépanneuse couverte de sang, elle faisait un détour par la petite route mais elle eut le temps de constater ensuite sur le fumier une nuée de corbeaux comme l'année de la mort de sa pauvre mère, ensuite derrière le bois une ombre toujours la même, on distinguait mal, qui reprenait en courant le chemin du village, tout ça était de mauvais augure.

Parce qu'il fallait faire feu de tout bois, se hâter avant le départ, mettre à contribution le moindre instant d'accalmie comme si le peu de temps imparti...

En descendant de chez le maître où il avait livré son canard l'homme à la camionnette a pris la route de notre capitale, les troubles caractérisés dont il souffre et qui le feront bientôt renoncer à conduire, conseillé par son médecin, l'angoissent d'abord et le font s'arrêter deux fois en chemin, il explique quelques jours après qu'il avait l'impression de refaire la route à l'envers sans se souvenir quand l'avoir déjà faite.

Le maître sur la terrasse démonte le mécanisme de la pendule.

Les bassins reflètent des nuages qu'on ne reconnaît pas au ciel.

En marge d'une phrase creuse sur le bonheur notait plaisir des fausses découvertes.

Mais le rêve refondait tout, bouleversait l'ordre, et le testateur n'avait pas assez du lendemain pour rendre au document sa vraisemblance.

Que faire de ces bribes.

Revenir sur la terrasse d'où on voit le fumier.

Ce cadavre mutilé, braguette ensanglantée.

Et l'autre quittant la fente du volet revient sur ses pas, contourne le bois et aperçoit l'épouvantail fixé à un arbuste, il détache le simulacre qu'il jette sur le fumier, le mécano qui passait avec sa dépanneuse lui criait quelque chose, on entendait mal, l'homme continuait sa route du côté du marais, c'est au détour de la carrière qu'il aperçoit le docteur, il va vers lui, environ cinquante mètres les séparaient, et constate en arrivant qu'il n'y a personne, il remonte dans sa camionnette pour refaire le trajet habituel avec les mirages habituels.

Le mail de la ville. Des amours flottantes et blanchâtres par l'entrebâillement de portes imaginaires.

La sentinelle l'aurait vu sortir de la pièce et courir sur la route, il cherchait le docteur qui était là sous ses yeux à s'endormir, il l'a cherché jusqu'au marais, il a traversé la fange, jusqu'au bois de pins où parmi les carcasses se balançait le squelette tout blanc, il s'est assis dessous, il ouvrait le livre à la page dite et trouvait en marge une note qu'il ne comprenait pas, tant de soins mis à cette exégèse, pour disparaître peu avant la nuit dans cette brume qui monte, ensuite le ciel se dégage, il fallait revenir, retrouver le ronfleur et reprendre le fil, la sentinelle n'en fera pas une de droite.

Mais il a dit tout de suite que c'était impossible, il était stationné avec sa dépanneuse en plein sous l'épouvantail, personne n'y avait touché à ce moment, ce devait être plus tard à la nuit tombée, or c'est de ce moment-là que parlait la voisine, il se serait retiré derrière la haie pour uriner pendant que l'autre décrochait l'épouvantail mais sur le fumier non il ne l'a pas mis, il l'a pris avec soi, même que de loin on distinguait mal, il semblait tenir le bras à son petit garçon.

Tenir le bras à son petit garçon pour

lui faire traverser le marais comme une poupée, le gamin ne touchait pas terre, on les devinait tous deux dans ce brouillard à la nuit qui tombe, ils abordaient de l'autre côté, le bois de pins, parmi les carcasses d'oiseaux, une image qui restait gravée là, dans le livre, puis le squelette blanchi accroché à l'arbuste avec pour divinités tutélaires ces becs, ces ailes raccornies, ces bréchets, ces pattes maigres, elle faisait trembler, on y revenait, la page n'était jamais tournée.

Centième redite.

Le ciel se couvrait de petits nuages qu'on ne reconnaissait pas dans les bassins.

Ou l'écho aux aguets dans le renfoncement de la grange répétant textuelle la phrase murmurée à un demi-mot d'intervalle faisait se chevaucher les syllabes et retenir à l'oreille indiscrète...

Revenir sur ses pas, tourner, retourner, revenir. Murmures, formules divinatoires, rabâchage.

Dans la pièce froide, un vieux plaid sur les épaules, le maître alchimiste des riens qui le faisaient survivre feuilletait le livre, notait en marge, prenait la loupe et rêvassait sur la forme d'un contour, d'une calligraphie, d'un blanc qu'il retrouvait sur l'eau du bassin, réduction d'une vapeur, simulacre d'une ligne, survivance d'un mot, son existence comme décrochée, un étage au-dessous, qui formait des espaces à sa ressemblance, de quoi se mouvoir sans écorchures, comme un patineur démodé et têtu dans le matin sempiternel de sa manie.

Sur la route qui conduit jusque-là avance une masse noire d'abord rampante ou roulante, on voit mal, puis dressée comme un mur, silencieuse, les oisillons s'enfuient, les mulots disparaissent, un édifice de velours qui soudain s'écartèle, s'effiloche, c'est un vol de corbeaux, les champs sont grisâtres, le ciel s'est éteint.

Sur la route qui conduit jusque-là avance une masse noire, c'est un homme très grand, on voit mal, qui s'approche, on croit distinguer deux hommes l'un sur l'autre, qui s'approchent, on distingue un paysan et un épouvantail à moineaux, il s'arrête, les oisillons se sont tus, l'homme pénètre dans une vigne et dresse le simulacre sur un arbuste, il le lie au tronc avec une corde, l'autre étend les bras, sa tête penche, il a l'air d'un cadavre déjà raide.

Dans la carrière une forme remue, elle rampe en remontant jusqu'à la crête, pente douce, elle s'arrête ou observe, elle se terre, elle réapparaît plus loin, roule sur le sentier en contrebas puis se traîne sur cinquante mètres, on a le temps de voir tomber la nuit tout à fait, on retrouvera plus tard l'homme étendu sur le fumier, bras en croix.

Tourner, retourner, revenir.

La sentinelle qui somnolait derrière le bois a perçu un craquement de branche, elle a rouvert l'œil, la nuit était claire et glaciale, elle s'est dressée, a armé son fusil, s'est glissée entre les arbres, a vu un rai de lumière par la fente du volet, s'est approchée, s'est collée à la fente, le maître détraquait la pendule, revenu pour inspection, il n'y aurait personne pendant des mois, la maison est fermée, tout est en ordre.

Ensuite il a dit à la gardeuse que le maître était revenu pour inspection, de la lumière par la fente du volet, il s'était approché mais avait dû se rendormir dans l'intervalle car il n'y avait personne, la maison est fermée, tout est en ordre, quand soudain l'enfant est arrivé en criant quelque chose, on entendait mal, c'était avant la nuit comme passait le tracteur au voisin qui fait tant de pétard, le petit aurait vu sur le fumier en revenant de l'école... sa mère l'a interrogé avant de le mettre au lit mais comment se fier au gamin, il a trop d'imagination.

Il se souvenait de l'ancienne disposition des lieux, la cour entourée de bâtiments anciens, guère plus, mais à l'intérieur une table et une cheminée où trônait une pendulette noire, cadran cerclé d'or et chiffres romains, il ne l'avait jamais vue marcher mais peut-être entendue, entendue, à quelle occasion...

Un vieux pigeon marchote sur le toit de la grange.

De la fontaine au milieu de la cour on

percevait aussi le glouglou jusqu'à la route du marais mais rien du côté nord donc de la grange, il fallait un bruit plus fort pour réveiller l'écho, fait curieux quand on pense au moindre son répercuté dans l'autre sens même un craquement, même un murmure, ou si le docteur n'en parlait que des années après, ne se souvenant plus des distances, vieux cacochyme sentimental, son amitié avec l'autre défaite depuis belle lurette.

Passions inexplicables.

De grand matin faisait le tour des bâtiments, à l'affût des moindres bruits qui glissaient à cette heure sur le chant des oiseaux, trouvait parfois la sentinelle endormie sous un abri, l'éveillait par une tape sur l'épaule, l'autre bafouillait des excuses et allait boire son jus, le maître continuait sa tournée, inspectait les recoins et bien souvent mettait à l'épreuve l'écho de la grange en poussant un gémissement qui lui revenait désamorcé, fantasmes évanouis, puis rentrait à son tour et la bonne qui chantonnait dans la cuisine apportait le café.

Notait en marge d'une phrase creuse.

Affalé sur la table, perte de conscience, le docteur s'empresse et le transporte avec la bonne sur son lit, quand il rouvre l'œil il reparle du vol de corbeaux, pendant que la domestique préparait un ultime bouillon pour cette caricature, le mot serait écrit, salutaire aux incarnations à venir, une mise en garde, elle apportait le breuvage mais l'autre avait lâché la rampe, le docteur sanglotait dans la pièce à côté, c'en était fait.

Il ne restait rien du faux mystère de la nuit.

En ville on commentait l'événement, on disait le connaître, on s'étonnait de l'avoir perdu de vue si longtemps, on rappelait des traits de son enfance et de sa jeunesse qui auraient dû mettre la puce à l'oreille, était-ce croyable de nos jours, des pratiques de magie ou comment ça s'appelle, l'instituteur disait que c'était encore de tradition quelque part, il avait étudié, toutes sortes de mots saugrenus, le fétiche, le mauvais œil, le gri-gri et de fil en aiguille des souvenirs très anciens de chez nous, on ne savait trop s'ils étaient des histoires de grand'mères ou des cauchemars d'enfants, paraît qu'ils dormaient encore dans les consciences, eh bien voilà que cette chose comment ça s'appelle se manifestait aujourd'hui, il y avait des preuves, un vrai danger pour la population, on était à sa merci, sorcellerie ou moyen-âge qu'est-ce au juste, une assemblée de sadiques qui fabriquaient des grimoires et des filtres d'amour, il y avait de quoi trembler.

L'autre voisine qui est maraîchère aux halles, ce petit étalage dans le coin à droite en entrant, pas de la première fraîcheur, elle y glisse tout le temps des tomates tarées ou des fruits blets, a commencé à dire que sa petite fille était bizarre depuis plusieurs mois, elle était tout le temps fourrée à la messe ou au cimetière et mauvaise mine et pas d'appétit, on l'interrogeait, elle répondait oui pour non ou des choses sans rapport comme par exemple une histoire d'épingle dans sa culotte ou son manuel de catéchisme caché sous son oreiller, une petite si gaie d'un seul coup elle devenait morose et scrupuleuse ajoutant je crois à tout ce qu'elle disait ou se prenant à pleurer parce qu'elle s'était trompée en rendant la monnaie de l'épicerie ou ce qui est plus grave à poser des questions à son père sur la mort et les cadavres de nourrissons et la vie éternelle, vous voyez mon mari, il m'en parle le soir, il est sûr que la petite devrait consulter, eh bien ces choses là-bas qui ne sont pas normales viennent jusqu'ici, une sorte d'influence comme la grippe ou la fièvre aphteuse, voilà ce qu'elle dit.

Ou comme le plombier depuis quelque temps toutes les tuyauteries qu'il répare sont bouchées au même endroit, il peut y aller les yeux fermés et une sorte de champignon qu'il n'a jamais vu court le long des vidanges ou des siphons je ne sais quoi, et chose plus troublante c'est toujours au même moment entre huit heures et huit heures dix que ses clientes lui téléphonent, il ne peut répondre à la demande, il a vu son confrère du quartier neuf qui dit pareil, il y a du louche là-dessous.

Ou d'autres signes qu'on n'aurait pas remarqués en temps normal comme deux personnes en train de causer qui butent toutes deux à peu d'intervalle sur le même mot.

Cette question de parler ou de se taire, d'être précis ou non, d'en dire trop ou pas assez serait un peu ce qu'enseignait l'instituteur à sa conférence sur la tragédie sauf qu'alors nous n'y aurions rien entendu de mystérieux pensant qu'il s'agissait d'un spécialiste du français qui devait faire son travail comme tout le monde avec conscience, ne nous doutant pas je répète que la chose en un sens toutes proportions gardées concernait chacun de nous et que notre naïveté seule nous empêchait de voir Dieu merci les gouffres épouvantables au bord desquels nous batifolons dans nos moindres propos, oui cette affaire nous faisait toucher du doigt quelque chose dans ce genre, cet homme avait un pouvoir, il agissait secrètement sans se mêler jamais de la vie de personne.

Alors que d'autres qualifiaient ces subtilités d'âneries, le maître avait toujours été un imposteur et continuait à semer la zizanie en prenant des airs, on se rappelait carrément des malhonnêtetés de lui en tant que jeune homme, pas seulement dans les propos, des affaires véreuses où il était mêlé, rappelez-vous ce commerce soi-disant d'antiquités, tous les objets étaient trafiqués à partir du neuf ni plus ni moins.

Ou que rien n'avait à voir avec rien, on se faisait des idées, il fallait laisser couler l'eau par le plus bas et la vie continue, on n'en est ni plus sage ni plus riche pour autant.

Des gens qu'on ne connaît pas passent sur la route en voiture, ils s'arrêtent devant chez le voisin, on les voit discuter avec la patronne, puis devant chez l'autre où il n'y a personne à cette heure, puis repartent toujours fort lentement, sûr qu'ils cherchent quelque chose, quand ils croisent un homme qui revenait des champs.

On saurait par recoupements qu'il recevait parfois des gens de la ville mais jamais les mêmes, voitures différentes, quelqu'un aurait poussé la curiosité jusqu'à relever les numéros.

Ainsi sans que rien n'ait changé d'apparence, les travaux continuent, les soucis et les petites joies bien de chez nous, la vie quoi, néanmoins un mécanisme profond serait mis en branle et saperait les fondements de notre édifice, cet amas laborieux de fétus, aucune puissance n'en saurait venir à bout, nulle résistance.

Ou d'autres signes qu'on n'aurait pas remarqués en temps normal.

Cette histoire de contagion et de fièvre aphteuse les avait alertés, le plombier ajoutait tout ça nous mènera où, il faudrait en saisir la justice or le prévenu manquait, contre qui agir, simplement des événements bizarres s'étaient succédés comme les tuyauteries bouchées et cette chatte qui avait dévoré ses petits, ou contrariants comme une taxe complémentaire sur le matériel aratoire non publiée dans la feuille régionale par quelle manœuvre, bref des bêtises qui prenaient proportion de drame, ceci parallèlement à des remarques...

Alors le voisin, sa femme et son enfant sont allés le reconnaître, c'était bien le facteur qui haletait sur le fumier, une maladie héréditaire qui s'aggravait avec l'âge, il fallait le transporter chez lui, heureusement le mécanicien passait avec sa dépanneuse, ils l'ont appelé et ont soulevé le malheureux qu'ils ont étendu dans la voiture, on l'a reconduit chez lui où sa femme a tout de suite dit ça y est je m'en doutais lorsqu'il part comme ça le matin au bistro ça finit toujours pareil mais qu'est-ce qui lui a pris de monter au marais, qu'est-ce qui t'as pris dis qu'elle demandait au malade, il était presque dans le cirage et ne pouvait répondre, tout en le transportant avec le mécanicien dans la chambre où il n'y aurait rien à faire qu'à lui donner son médicament et à attendre, elle avait l'habitude.

Il aurait pu voir la scène de sa fenêtre, elle donne de ce côté, mais à ces heures bien souvent il se promène vers le marais, la bonne elle n'aurait rien entendu, la cuisine regarde à l'est, pourtant un bruit de moteur dans ce coin où ne passe jamais personne...

quant au docteur il n'était pas encore là, il devait être aux environs de dix heures, par un temps printanier, les brouillards matinaux avaient disparu depuis peu.

Prudence, on ne sait jamais.

Sur la table un bouquet desséché de chardon et de ciguë composé à l'automne, le genre d'occupation campagnarde à l'époque de l'année où l'on réintègre l'intérieur, soirées fraîches, du feu dans la cheminée, une odeur de moisi et de cendre tiède, belles heures passées à méditer sur le livre qui était encore là par cette nuit glaciale, ouvert à la page de la gravure, quand soudain claque une fenêtre, le vent s'engouffre dans la pièce, il n'y avait personne.

Impossible disait la sentinelle, je viens de voir arriver le maître pour inspection, il a fait le tour du jardin, il est entré, n'a pas ouvert les volets vu l'heure tardive.

Alchimiste des riens qui le faisaient survivre.

Le voisin descendait au village prévenir le mécano qu'un tracteur était embourbé dans son champ, à qui était-il, point de conducteur, un modèle pas de chez nous mais de construction récente, on n'avait rien entendu, la période des labours était passée ou non encore venue, il avait alerté les autres qui n'en savaient mais, personne n'était au courant.

Ou qu'on aurait vu la veille au soir un touriste bricolant dans le moteur de sa voiture torpédo à la lueur d'une torche électrique ou d'un falot-tempête puis il repartait en direction de la forêt, la patronne aurait dit pour un homme de la ville il s'y connaît j'aurais parié que non, le petit y était aussi, il n'a pas les yeux dans sa poche et disait que la machine était de marque allemande ou américaine, en tout cas rouge avec une capote noire déchirée, le mica ou plastique qui tient lieu de vitre arrière n'y était plus.

En direction de la forêt mais il bifurque avant, emprunte un chemin de terre et débouche au bord du marais, descend de voiture, constate le niveau exceptionnel de l'eau et fait à pied un détour de près d'un kilomètre pour atteindre le bois de pins, donc pas un touriste ordinaire, il connaissait la région mais pourquoi se rendre là en pleine nuit.

Quant à la gardeuse de chèvres il y avait belle lurette qu'elle était rentrée, six heures au bas mot, au coucher du soleil, à moins qu'en cette saison elle ne sorte même pas son bétail, il fait trop froid et elle est toute percluse de rhumatisme, les biques restent à l'écurie, oui plutôt ça, voir à se renseigner auprès du voisin puisque de la sorcière on ne peut rien tirer de précis, elle serait capable...

Réduction d'une vapeur, simulacre d'une ligne.

Plongé dans sa lecture, des heures, transi de froid, n'aurait plus distingué les contours, le soir tombait, n'aurait plus distingué les lignes, le sommeil, c'est alors que la femme après avoir rentré ses chèvres retournait à la croisée des routes, elle avait dû perdre quelque chose, une aiguille à tricot, son mouchoir, à genoux par terre, tâtonnant dans l'herbe rase, le mécanicien l'aurait vue en redescendant, il arrêtait son engin et lui demandait par la portière s'il pouvait l'aider, elle s'est redressée, elle a ri, bouche édentée, petits yeux vairons, on la dit finaude.

Elle a dû voir le cadavre sur le fumier, elle a dû passer à un mètre puisqu'en retournant chez elle elle a longé la haie, le maître qui fermait le volet lui a crié bonsoir, elle n'a pas répondu, serait-elle sourde aussi, une infirmité très répandue chez nous, surtout les femmes, à moins qu'il n'ait rien dit, il venait de s'éveiller, encore dans les vapeurs du sommeil, un jour de perdu à remâcher des bribes, il ne se coucherait qu'au petit matin, déambulerait toute la nuit de sa chambre à la cuisine.

Les beaux jours étaient révolus.

Ils viendraient avec le maire et le docteur, ils constateraient le décès, le corps était déjà raide, pantalon et chemise maculés de fumier, il sera tombé et se sera traîné jusque-là, en effet sur le gravier on retrouve des traces de reptation et le mouchoir à carreaux rouges et blancs, la gardeuse de chèvres est près de la cheminée, ses yeux vairons furètent dans la pièce, elle dit je l'ai vu pas plus tard que tout à l'heure avant le dîner, il était assis sur le banc devant le coucher de soleil, son habitude, il ne nous voyait guère dans ces moments en train de rêver ou est-ce qu'il dormait, le docteur par bienséance a fait chauffer du café pour tout le monde, dehors luisait le toit de la grange sous la lune et le froid.

Mais quand on a découvert le testament quelle histoire, c'est le docteur qui est tombé dessus en triant les papiers du tiroir d'en haut de cette espèce de chiffonnier qui était dans l'angle de la chambre à droite en entrant, oui quelle histoire, il voit ceci est mon testament écrit sur une enveloppe bleue et tout de suite il a pensé qu'il était le seul à pouvoir se permettre de l'ouvrir en tant qu'intime du décédé, ensuite il hésitait, il réfléchissait qu'il ne connaissait pas les lois mais sa tendresse pour le défunt a été la plus forte, se disant que le document pouvait tomber en de mauvaises mains il ouvre l'enveloppe et en trouve une seconde puis une troisième, alors il s'est dit méfions-nous, il peut y avoir là-dessous quelque chose de grave, il n'a pas su expliquer son sentiment au notaire et Dieu sait pourtant qu'il ne passait pas pour timoré ni porté à dramatiser les choses.

Il a donc remis les enveloppes au notaire qui a dit c'est un écrit particulier qui regarde le juge, transmettons-lui le document, ce qu 'ils font et les complications commencent, il faudrait connaître les termes pour ne pas avancer de bourdes, en résumé six mois de tergiversations à s'assurer d'abord que le de cujus était dans son bon sens et les experts hésitaient tant les choses se présentaient bizarrement mais les témoins surtout la bonne ont pu certifier qu'il était sain d'esprit, ensuite le testament mentionnait comme légataire un neveu qui était mort en laissant lui-même un neveu décédé aussi dans l'intervalle or par Dieu sait quelle déduction le testateur avait dû prévoir qu'il en serait ainsi, bref par recoupements on arrivait à la certitude que le docteur était le seul bénéficiaire dans l'esprit du décédé, pourquoi ne l'avoir pas mentionné simplement, avec en plus une désignation des biens faite de telle sorte qu'on pouvait se demander s'ils existaient réellement, le défunt avait passé sa vie à mettre au point un système d'affirmations et de négations incontestablement logique, inattaquable, pour éviter semble-t-il...

Son existence comme décrochée.

La voisine disait qu'elle avait vu la gardeuse de chèvres longer la haie et le maître fermer son volet mais qu'à ce moment était passée sur la route une voiture torpédo qui avait freiné brusquement, un homme en était sorti et s'était approché de l'arbuste à l'épouvantail, il voulait uriner probable, elle a prêté attention plutôt à cette voiture qu'on distinguait mal mais dont les phares étaient si puissants qu'ils éclairaient jusqu'à la grange, puis le chauffeur est remonté mais voilà où l'imagination des gens vient tout remettre en cause, elle affirmait que l'épouvantail avait disparu, en donnait ses deux mains à couper, un instant avant le simulacre se profilait sur le ciel, même qu'elle s'était dit vraiment on aurait pu le prendre pour un homme, tellement bien imité.

Le touriste serait redescendu au village et se serait arrêté au café, il commandait un pernod, le garçon a remarqué ses bottes en caoutchouc toutes crottées et lui demande d'où il peut bien venir ou pense seulement d'où peut-il venir, il regarde plus attentivement cette boue noire où est restée collée une tige d'herbe du marais, pas à s'y tromper, le visiteur doit avoir là-bas quelque intérêt mais lequel, pas de propriété en tout cas puisque le terrain appartient à la commune, c'est la raison qu'on n'en tire rien, ce marais pourrait être asséché et les champs alentour remis en valeur, paraît-il qu'autrefois tout ce coin était cultivé, voilà bien notre époque, tant de gaspillage politique et consort, vous ne me direz pas que tout ça n'est pas voulu par le gouvernement pour se procurer ailleurs la marchandise de première nécessité, des combines en échange de Dieu sait quels avantages pour l'étranger, nous étions bien mal en point, et que le maître qui s'y connaît en vieilleries dit aussi qu'une demeure seigneuriale était bâtie sur le coteau, il n'en reste plus trace, à peine un mur démoli et un bout de souterrain qu'on se demandait enfant s'il n'était pas romain ou wisigoth, pas du tout, ne date que de trois siècles, ce n'est déjà pas mal, tout ça pour dire que les anciens n'étaient pas fous, ils avaient repéré le coin qui est superbement exposé et en tiraient leur provende et leur richesse, on serait curieux de connaître ce seigneur propriétaire qui c'était, quant au crotté il a bu son pernod et il est reparti.

Dans le matin sempiternel de sa manie.

Oui dans un sens cette amitié avec le docteur avait un caractère puéril, on aurait pu se demander en les entendant tous deux, mis à part les raclements de vieux bronchiteux et le radotage, si on n'avait pas affaire à des enfants tellement leurs propos étaient bébêtes, ils se disaient tout y compris leurs rêves, chose pour le moins insipide, ou alors combien de fois ils avaient uriné la nuit ou telle chose que disait leur mère ou des souvenirs d'amour qui reprenaient forme ou le contraire après un ou deux pernods, certainement l'écoute était divertissante, sans compter l'ergotage et les contestations du genre je te dis que c'est toi, toute la journée, vous donnant l'impression...

Fantasmes de la nuit et d'hier et de demain.

Images à débarrasser de leurs scories. Nuit profondément composée où chaque défaillance aura son alibi.

Des pratiques de magie ou de moyen âge, l'instituteur disait vous êtes fous, comment des gens à notre époque peuvent-ils s'inquiéter de ces choses, tout est trucage et exploitation de la crédulité, avez-vous vu des jongleurs sortir des pigeons de leur manche, eh bien c'est du même acabit, habileté voilà tout, taxer le vieux cacochyme de dangereux serait lui faire trop d'honneur et quoi lui reprocher dites-moi, les âneries de sa voisine ou du plombier, les tracas de certains à l'approche du printemps, qu'ils se soignent, un bon dépuratif et se lever tôt leur rendra la santé, prenez-vous la science pour sornettes, vous êtes des ignorants, mais il allait trop loin l'instituteur, dans son indignation il allait trop loin, on commençait à prétendre qu'il était de mèche avec le maître, tant d'intérêt porté à nos soupçons c'était vouloir leur donner corps, pas si bêtes.

Dans cette maison froide hantée par des années d'insouciance, fantasmes de la nuit qui ne laissent rien intact des suggestions de la mémoire.

Ce cadavre mutilé, braguette ensanglantée.

L'apprenti lorsqu'il est monté dépanner le tracteur avec son patron aurait vu sur le fumier des corbeaux en grand nombre, on distinguait mal, pourquoi s'inquiéter, une pourriture quelconque, il fallait se presser, opérer ce dépannage avant la grosse journée qui attendait, on était en période de moissons et ce n'est pas l'ouvrage qui manque, le matériel aratoire est en mauvais état et chaque jour c'est un pépin pour l'un ou l'autre cultivateur, quelque chose de cassé dans la mécanique qu'il essayait la veille au soir de bricoler à la lueur d'un falot-tempête mais n'y comprenant rien et n'y voyant guère mieux aggravait plutôt les choses, les voilà tous dès le matin avec leur véhicule chez le mécanicien.

Comme si la chronique de ces instants sans nombre.

Et c'est ce même matin que l'aîné des voisins serait venu livrer un canard et ne trouvant personne aurait pénétré par la cuisine donc derrière la maison, restait à savoir pourquoi il s'y serait attardé ou même dans la salle, on pouvait tout supposer, on ne le connaisait guère, il ne parle pas mais on apprend des choses sur les uns et les autres, chaque matin lorsqu'il se rend à son travail de journalier il regarde autour de la maison mais toujours en passant, il ne s'arrête plus depuis qu'il s'est fait surprendre par son père à la fente du volet, ce devait être en hiver, la maison est fermée, tout est en ordre.

Il pénètre dans la cuisine qu'on ne ferme pas la plupart du temps, il y a si peu de passage sur la petite route et comment se méfier des voisins tous braves gens, la bonne est en courses au village et ne reviendra qu'à onze heures régulière comme une pendule, le maître se promène du côté du marais, l'homme pose son canard sur la table et presque machinalement ouvre le tiroir comme s'il y avait vu quelque chose la fois que la bonne y cherchait de la menue monnaie, il trouve des factures, rien de ce qu'il espère, puis encouragé par l'atmosphère sereine de la maison en ce jour d'été pénètre dans la salle à manger qui jouxte la cuisine, la porte est restée ouverte, va directement au tiroir de la grosse armoire où le maître rangeait ses papiers, l'ouvre et ne trouve rien ou peut-être n'a pas le temps de fouiller car il voit par la fenêtre le docteur passer le petit portail, il n'a que le temps de sortir et si l'autre l'aperçoit il lui criera posément de loin qu'il a déposé la volaille sur la table de la cuisine.

Mais l'enfant avait assisté au massacre du canard, la vieille n'y allait pas de mainmorte puis plumait et vidait la volaille, la brûlait, la ficelait et disait à l'enfant puisque tu es là porte-la au maître tu auras un pourboire, j'ai mes chèvres à traire, le petit prenait le cadavre et le portait jusqu'à la cuisine où la domestique n'était pas, que faire, il pose son paquet sur la fenêtre et repousse le volet, un enfant réfléchi, quand soudain le docteur qui distingue mal de loin et se croit sans cesse en proie aux indiscrétions de tout le monde crie qu'est-ce que c'est, qui va là, le môme a déguerpi sans demander son reste.

Quant au marchand de volaille nulle contradiction, il pouvait fort bien passer avec sa camionnette et le docteur se trouvant seul lui dit attendez la bonne elle est encore au village, tenez prenez avec moi un bon pastis ça vous remettra, propos stupide à un chauffeur mais le docteur est d'une génération, comme le temps passe, où on n'avait pas encore prononcé l'anathème contre la boisson et pas fait non plus le rapport entre ses méfaits et la vitesse sur les routes pour la raison qu'on n'allait pas vite, plus souvent à vélo qu'en voiture, un cycliste qui zigzague ou se prend le pied dans sa chaîne quoi de plus drôle, le voilà qui se flanque dans le fossé et sa petite remorque vidée entièrement sur la route, les enfants se précipitent pour ramasser les palmipèdes, ils ont bien rigolé et disaient à leur mère en rentrant déjeuner ce jour-là, beau soleil de printemps, on a vu le volailler il était encore saoul, tous ses canards par terre et lui dans le fossé, on a tout remis dans la charrette et il est reparti en poussant son vélo, sa femme va encore le battre.

Pendant que le gosse qui les voyait siroter ensemble entre dans la cuisine, pose le cadavre sur la table et ouvre le tiroir où il a vu la bonne prendre de la menue monnaie, il s'offre le pourboire, voilà l'explication, ignorant qu'elle sait combien il y a et lorsqu'elle n'y trouvera plus son compte elle se doutera de la chose mais pour un franc on ne va pas s'alarmer et le petit y avait droit, lui faire remarquer simplement la prochaine fois qu'il n'a pas à se servir lui-même.

Mais la bonne en rentrant du village est allée droit au tiroir pour y vider la menue monnaie de son sac et voit les factures en désordre, elle recompte l'argent de réserve, rien n'y manque, par contre quelque chose a été dérobé, elle n'en parlera pas à son maître, comment imaginer qu'un enfant s'y soit intéressé, ce n'est pas le petit qui a déposé le canard sur la table et l'aîné des voisins n'était pas au bourg ces temps-ci, premier printemps, époque des semailles, il était embauché à une trentaine de kilomètres pour deux semaines, la servante apprendra que l'égorgeuse avait confié la volaille à l'ouvrier en lui recommandant de la déposer sur la fenêtre de la cuisine sans oublier de repousser le contrevent.

Le calme, le gris. A sa table dans la maison froide notait en marge d'une phrase murmurée, on entendait mal, l'histoire demeurera secrète, sans faille sur l'extérieur.

Alors sur les sept heures la bonne entrait dans la salle obscure, elle allumait la lampe, il demandait quoi de neuf en ville, elle répondait avoir croisé le facteur et sa femme avec leur petite, ils avaient bavardé, lui était très pâle à peine remis d'un grave ennui de santé, sa femme écourtait la conversation disant il a eu un peu de bronchite il faut être prudent, une cliente avait mis la servante au courant, l'homme souffre de pertes de conscience et tombe un peu partout, la dernière alerte a été grave, il doit renoncer à ses tournées du côté du marais et prendra sa retraite plus tôt que prévu.

De sorte que le lendemain repensant à cette conversation il doutait du bien-fondé des soupçons du docteur, le corps, car était-ce un cadavre, aperçu la veille sur le fumier et qui avait disparu quelques minutes après ne pouvait être celui du facteur qui ne sort plus de chez lui qu'au bras de sa femme, l'autre répondait qu'il n'avait jamais encaissé le fonctionnaire et qu'il n'était peut-être pas le seul, cette histoire de santé pouvait bien être une comédie, rien sur sa mine ni dans son comportement ne lui avait jamais paru suspect, il est vrai que le docteur vieillit, le coup d'œil se perd.

Et s'il s'agissait d'une comédie pourquoi la femme minimisait-elle le cas de son mari, une bronchite à son âge ne vous met pas à la retraite.

Car en effet le corps ou était-ce un cadavre aperçu par le maître avait disparu quelques minutes après, la bonne interrogée affirme avoir entendu un bruit de moteur et la gardeuse de chèvres pareil sauf qu'elle n'a rien vu sur le fumier quoique étant passée à côté, est-ce que monsieur a bien remarqué, il distingue mal de loin, ou peut-être confondait, ceci de l'avis du docteur qui ne l'a pas dit tout de suite, avec une vision d'épouvantail bras en croix qui l'avait presque bouleversé la veille, ils en riaient encore à l'heure qu'il est.

L'enfant du voisin s'approche du corps, le touche légèrement à l'épaule et file chez sa mère.

Recroquevillé dans un fauteuil, il était déjà raide.

Alors raconte disait le docteur.

Et l'autre recommençait l'histoire de sa mort en y ajoutant des détails parfois difficiles à concilier avec les anciens mais une bonne logique bien de chez nous le faisait retomber sur ses pieds, avec cette réserve pourtant que le rêve refondait tout, bouleversait l'ordre, et que le conteur n'avait pas assez du lendemain pour rendre au récit sa vraisemblance.

Du feu dans la cheminée, belle vaisselle accrochée aux murs, la bouteille de gniole sur la table, les deux amis s'enfonçaient dans le récit interminable, c'était malgré tout une aubaine pour le causeur que cette oreille et cette bonne grâce, il en était à son déménagement de la ville, centième redite, effaré par l'inconsistance de ses projets et cette manière de quête d'on ne savait quoi, tant d'années à attendre, on finissait par le montrer du doigt, mangeur d'enfants pas sages, crois-tu qu'il soit possible de continuer ainsi, mes souvenirs il y a belle lurette tu penses que je n'y crois plus, et pour quel profit grand Dieu, mieux vaut nous occuper de ce jardin, que dirais-tu d'une terrasse surplombant la rivière et placer la serre non en contrebas mais derrière la grange, le docteur se reversait un petit verre, le genre de questions que se posait l'autre ne l'intéressait plus, savoir les morales mais cette voix, ses inflexions, la subtilité légèrement avinée des raisonnements et la profusion des images tant funèbres que champêtres continuaient de le séduire disons de le bercer agréablement, il allait piquer du nez, une amitié se fonde sur l'admiration réciproque et la sienne pour le discoureur n'était pas entamée.

Mais que dire des amitiés qui se cassent soudain. Mieux valait mourir ensemble. Il entendait la bonne grommeler dans sa cuisine qu'elle supprimerait le pernod. Une heure et quart déjà, la vie n'est plus tenable.

Et lorsqu'ils eurent fini le canard s'installèrent sur la terrasse et le café une fois bu allaient s'endormir au soleil printanier quand le marchand débouche du portail, il a traversé le jardin et propose sa marchandise. Vous prendrez bien un petit verre. L'autre le pose sur une chaise et se met à débiter une histoire de mirages sur la route, de souvenirs qui s'effacent, de sensations bizarres, on entendait mal, qui fait dire au docteur surveillez votre foie, passez me voir, bien étrange oui, comme si ce qu'il venait de dire...

Pour sûr ces histoires de magie il était bien primaire d'y ajouter foi, qu'est-ce que ça signifie, néanmoins des rapports étranges naissaient entre les choses ou pour plus de précision comment dire, oui des rapports inhabituels comme cette chatte qui a dévoré ses petits et les champignons sur les tuyauteries, outre ce que disait quelqu'un des mots sur lesquels tout le monde butait dans la même journée, il serait intéressant de savoir lesquels mais on ne se souvient pas, on ne se souvient pas, et les rapprochements qu'on faisait aussi entre ces incidents et certaines attitudes du maître qui n'en pouvait mais, la solitude déroute, passions inexplicables, quel genre d'homme est-il pour vivre ainsi entre sa bonne et cet imbécile de docteur, paraît-il qu'il écrit ses souvenirs, on serait curieux de voir ça, lui qui perd déjà la boule à l'épicerie quand il doit vérifier une facture ou qui s'y reprend à trois fois pour expliquer qu'un tracteur s'est embourbé près du marais, trois ou quatre fois, il ne se rappelle plus quel jour ni si c'est le patron ou l'apprenti qui est venu dépanner, ni si c'était bien le véhicule au voisin, ni si c'était au marais ou à la carrière, bref à faire se retourner d'agacement dans ses chaussures les doigts de pied de l'interlocutrice, elle dit que quand elle le voit entrer elle prie le ciel qu'il vienne deux ou trois personnes derrière pour être excusée de ne pas l'écouter, si seulement cette solitude lui clouait le bec mais non, on ne peut que lui souhaiter une bonne attaque, là au moins plus moyen d'ouvrir la gueule, ce genre de chrétiennerie.

L'autre voisine qui est maraîchère aux halles dit qu'elle se promenait dimanche en voiture avec son mari et sa fillette qui devient bizarre, ils avaient fait le grand tour par la ville et la forêt pour revenir par la petite route, ils arrivent au hameau, nos deux ou trois fermes, à la nuit tombée, quand elle a vu distinctement la gardeuse de chèvres ouvrir sa fenêtre et poser sur le rebord un pot à tisane, ils ont stoppé leur machine pour donner à l'enfant le temps d'uriner derrière la haie, c'est alors qu'une forme blanche est descendue on ne savait d'où, a étendu le bras vers le pot qu'elle a pris et la voilà disparue, à vous donner froid dans le dos, la mère a fait remonter illico sa garmine qui n'en avait lâché que la moitié et par la nuit noire ils ont rejoint le village, les phares ne marchaient plus ni les lanternes, son mari ne s'expliquait pas comment, il venait de faire vérifier l'éclairage par le mécano.

Et que le maître avait toujours été un imposteur, sans se mêler jamais de la vie de personne il agit secrètement, ces gens qui viennent le voir, des voitures différentes à chaque fois, repartent toujours de nuit et comme par hasard le lendemain on découvre... ou quelqu'un dit avoir... à noter qu'avec la gardeuse il est au mieux, lui offre gratuitement sa luzerne pour les chèvres.

Ainsi sans que rien n'ait changé d'apparence...

De nouveau le plein été, de nouveau

des images antérieures, combien d'années, se retrouver avec sa tête d'alors, d'aujourd'hui ne rien savoir, les fantasmes d'hier sont à leur place, cette saison n'a pas suivi la précédente mais se perpétue d'une cassure à l'autre, si bien qu'une phrase murmurée jadis à l'époque des moissons vient d'être dite ce soir ou qu'au printemps dernier telle question ne trouvera réponse qu'aux jacinthes prochaines, comment se ressaisir, qui vient de parler, qui vient de se taire, écartelé d'un bout à l'autre du parcours, un crâne d'enfant coiffe une face sénile, la bouche dit encore je t'aime que dans l'oreille tinte le glas.

Or la gardeuse de chèvres quittant la fente du volet aurait aperçu dans la pénombre l'ouvrier courant en direction du marais, elle retournait près du clos chercher son aiguille à tricot, un falot-tempête à la main, elle se penche et voit du sang sur la route, pas à s'y tromper, une voiture vient de déboucher à l'angle de la carrière et bifurque en direction du village, quand soudain un cri la fait sursauter, une chouette sortait de la grange ou peut-être effrayée par les phares de la voiture, tout ça en l'espace d'une minute à peine, comment s'en rendre compte.

Que faire de ces bribes.

C'était bien l'ouvrier ce soir-là, le voisin l'a redit au café ce matin, il venait de lui confier le nettoyage du hangar et de l'appentis, on l'emploie à tout faire sur son insistance, l'homme n'est pas méchant et il faut bien que chacun vive, pourtant certains refusent de l'employer, le voisin le prétend voleur mais ce n'est pas là que la chatte a mal au pied, une bonne histoire de cocu voilà l'affaire, avant son mariage mais c'était tout comme, bien que l'épouse ait toujours nié et nie encore, bref quand on a trouvé la vache morte dans l'étable le patron était gêné vis-à-vis du voisin d'avoir fait confiance à l'ouvrier, l'autre l'avait convaincu, comme si se venger sur un pauvre animal...

Que faire de ces bribes.

On revoyait l'homme donnant la main à son petit garçon, ils passaient à côté de l'épouvantail et l'enfant le désignait du doigt, ils se sont approchés et le père soulevant son fils à bout de bras lui disait touche tu verras que c'est de la paille, l'enfant le touchait légèrement à l'épaule et se mettait à crier, l'ouvrier est passé à ce moment, les deux hommes conversaient une minute, on entendait mal, pendant que le petit tournait autour de l'arbrisseau en regardant en l'air, pas trop rassuré.

Fantasmes d'hier et de demain.

D'une année à l'autre ces grands changements en profondeur.

Saperaient les fondements de notre édifice, cet amas laborieux de fétus.

On revoyait le maître à sa table penché sur le livre vieillot mais l'été était revenu, on entendait la bonne grommeler qu'elle supprimerait le pastis, le docteur sur la route comme un vieux pigeon traînant la patte viendrait déjeuner d'un canard, onze heures et demie déjà, la pendule sur la cheminée retarde, dans les bassins se reflètent des nuages qu'on ne reconnaît pas au ciel, bientôt ce serait la sieste et les projets de jardin en terrasses puis l'histoire des déménagements de la ville et d'ailleurs, centième redite, pour se retrouver le soir devant le même apéro...

Quand la bonne a interrogé le voisin qui prétend faire la garde en l'absence du maître il lui a répondu qu'il n'avait vu personne le matin mais que le soir par contre une voiture torpédo s'était arrêtée au tournant et un homme en était sorti pour uriner derrière la haie probable, il ne l'avait pas vu repartir car sa femme l'appelait, elle était souffrante et ne pouvait traire les chèvres, il a dû le faire à sa place, mais la bonne l'interrompt disant que c'est le matin qu'a disparu l'enveloppe du tiroir, de ça elle est certaine, pendant son absence au village, et que ce n'est pas un enfant qui l'aurait dérobée à moins bien sûr de le faire sur ordre, cette pensée lui venait soudain, l'enfant n'était donc pas exclu, ensuite le voisin dit avoir vu l'ouvrier le matin qui sortait de la grange, ça lui revient, mais la domestique dit qu'il n'est jamais entré dans sa cuisine, ne savait pas ce que contenait le tiroir.

Et de nouveau l'hiver, la boue durcie, le givre et la glace aux creux de la route, de nouveau la maison vide, tout est en ordre, la sentinelle voit entre les ormeaux dépouillés la ligne bleue de la forêt, le bois de pins, la carrière et le tournant, il ne reste rien du faux mystère de la nuit, le maître viendra pour inspection et s'assoira devant la table le temps de remâcher des souvenirs, dehors la nuit était tombée, le toit de la grange luisait sous la lune et le froid.

Ne laissent rien intact des suggestions de la mémoire.

Qu'on aurait donc vu, ne m'interrompez pas, au petit matin un cadavre sur le fumier, il devait être cinq heures, et qu'on aurait pensé qu'il s'agissait du maître lequel s'était mis à boire, pas plus difficile, or rien n'autorisait à cette déduction, il y avait des voisins et d'autres ivrognes mais les choses s'installent dans l'esprit et plus moyen de les en déloger, d'ailleurs qui on, il fallait préciser, d'ailleurs pourquoi cadavre, ce pouvait être un corps qui se relèverait quelques minutes ou quelques heures après, une défaillance, ivrognerie pas indispensable non plus, une perte de conscience tout simplement.

Mais le plus étrange était cette obsession qui vous ramenait aux mêmes images lesquelles pour avoir été évoquées l'espace de quelques mois dans les conversations des uns et des autres ne voulaient plus être oubliées, réclamaient leur content de chair, bref deviendraient vivantes et non plus simulacres mais au détriment...

Une réalité nouvelle qu'on n'aurait pas voulue et qui balayait tout le reste, victoire, quelle hécatombe, à peine s'il nous restait une table où prendre les repas, une écritoire pour passer le temps et une domestique qui pour n'être... mais là n'est pas la question.

Le calme, le gris.

Cette pièce où il travaillait je la vois encore, ses murs badigeonnés à la chaux pleins de fissures, son mobilier fatigué et bonasse, grande armoire tenant lieu de buffet où la servante rangeait la vaisselle qui venait des grand-mères, motifs bleus ou volatiles dans des branchages bourgeonnant de tulipes et d'orchidées, la table entourée de six chaises, une bergère avachie recouverte en léopard, une cheminée où trônait la pendule détraquée, par la fenêtre un jardinet planté de pruniers et de roses-mousses, printemps pluvieux, vague à l'âme.

Le jardin aussi mais à des époques différentes, changeant d'aspect, multiple en fin de compte, de sorte que le cadre où il évoluait n'est presque jamais le même, ce qui expliquerait...

Que ce jour-là dans la pièce où il venait d'entrer arrivant de la ville, temps d'hiver bleuté et glacial, boue durcie sur la route, corbeaux qui s'envolent en croassant, sans ouvrir les volets car la nuit allait tomber il avait fait du feu dans la cheminée et s'était assis à la table, avait pris le livre vieillot et le feuilletait puis s'était laissé engourdir et s'endormait la tête au creux du bras.

Que le voisin qui se dit sentinelle, ne connaissant pas le sens des mots, et joue le rôle de gardien en l'absence du maître, faisant sa tournée habituelle aperçoit de la lumière par la fente du volet mais pour une raison qu'on ignore ne va pas voir ce qu'il en est et de retour chez lui, cent mètres maximum, dit à sa femme que le maître est revenu pour inspection.

Que ce même jour peut-être le petit du gardien ou celui de la voisine revenant de l'école voit sur le fumier qui jouxte le clos quelque chose comme un corps étendu, il s'approche puis s'enfuit à la maison.

Qu'on a pensé longtemps qu'il s'était agi d'une défaillance, il s'était relevé ou plutôt traîné du lieu de sa chute à sa chambre où la bonne en rentrant de la ville lui prodiguait les premiers soins en attendant le docteur qu'elle avait fait prévenir par un enfant.

Quand soudain il sursaute, il s'était assoupi dans le transatlantique, regarde autour de lui et voit dans l'allée des roses-mousses ce brave docteur qui lui a donné des palpitations, il lui expose quelques instants plus tard le rêve qu'il vient de faire, mauvaise digestion, l'autre râlait sur le fumier et les voisins rassemblés expliquaient sa chute par la présence de l'épouvantail dans l'arbrisseau, aucune logique, le volailler apparaissait au portail et prétendait qu'il n'en fallait pas plus pour susciter des mirages sur la route, les détours du subconscient sont étranges mais pour expliquer quoi ou prévoir quoi, on pouvait tout supposer, grande liberté, n'était-ce pas là le domaine de la poésie, dans cette douce lumière du soleil couchant, le jardin se repose, la ligne bleue de la forêt délimite l'horizon et la servante sur le plateau de faïence orné d'oiseaux et de tulipes apportait l'apéritif, vous prendrez bien un verre monsieur le volailler.

Quand soudain le facteur au tournant de la route tombe sur la gardeuse de chèvres et son troupeau, il n'a que le temps de freiner, sa mobilette dérape et le voilà dans le fossé avec tout le courrier qui s'éparpille, il disait au voisin quelques instants plus tard que c'était un coup de la vieille, impossible normalement de ne pas la voir avec ses sales quadrupèdes, elle avait surgi comme un diable, je vous dis que ces histoires de magie ne sont pas des fariboles, elle prépare des tisanes à la nuit tombante, on l'aurait vue pas plus tard qu'hier poser son pot sur la fenêtre et une forme blanche descendre du toit, mais comment croire ce benêt de facteur, il avait un coup de trop un point c'est tout.

Quand soudain...

Mais il continuait sa tournée inspectant chaque grange, chaque fenil, chaque réduit, il faut avoir l'œil à tout avec ces vagabonds maintenant dans la contrée, d'où viennent-ils, m'est avis que des jeunes voyous de la ville, ne cherchons pas plus loin, prennent des habitudes de braconnage et même de brigandage, une bande organisée, c'est la jeunesse d'aujourd'hui, vindicte et violence, est-ce qu'ils n'ont pas attaqué l'autre jour le facteur à deux pas de l'épicerie, lui ont arraché son portefeuille et sa canadienne de mouton pour s'enfuir par la rue du coin.

Tourner, retourner, revenir.

Et lorsque la bonne apportait l'apéritif le volailler en était à cette affaire de touriste en torpédo, on l'avait vu d'abord au village puis à la carrière puis sur la route du marais à deux pas d'ici, je me demande ce qu'il peut bien manigancer, ça fait trois jours qu'il traîne dans le pays, n'a adressé la parole à personne sauf au garçon pour lui commander un pastis, ne pensez-vous pas que dans ces cas on devrait prévenir la gendarmerie, si c'était un espion ou quoi, on dit qu'il en rôde en ce moment dans le pays mais en somme ce n'est pas mon affaire, ajoutant soudain cette remarque avec trouble, l'idée lui passait par la tête que le maître pouvait voir dans ses propos une relation avec ce qu'on disait de certaines visites reçues ici, voitures à chaque fois différentes, le maître traficotait Dieu sait quoi.

Sur le fumier quelque chose de sanglant, l'apprenti s'approchait et voyait un chiffon rouge, il relevait le nez et constatait que l'épouvantail se déglinguait, la casquette aussi était tombée, le pantalon laissait passer toute la paille, il a décroché le simulacre et l'a rafistolé tant bien que mal.

Une chose rouge, on dirait de la barbaque, voilà les corbeaux qui rappliquent.

Marmottant des formules à chaque pas la

vieille avançait en direction de la carrière.

Et soudain tout le pays se décompose, des cadavres jonchent les prés et les routes.

Plongé dans son apocalypse à la petite semaine.

La vieille dans sa cuisine assise au coin du feu surveillait la soupe. Marmite de fonte, crémaillère, foyer noirci, grill et pincettes. La table était mise pour trois. Le vieux rentrait des champs et s'asseyait sans un mot. Leur petit-fils rentrait de l'école et ressortait jouer avec le chien, un terrier bas sur pattes qu'il faisait sauter au moyen d'un appât, sucre ou biscuit. Le vent soufflait dans l'orme et sur l'herbe du talus qui borde la cour, faisait zigzaguer un filet d'eau au-dessus de la seille, le robinet ferme mal. On voyait du potager corseté par son grillage dépasser des iris et des pivoines, des touffes de feuilles, des perches à haricots.

Et soudain tout le pays se décompose, des cadavres jonchent les prés et les routes, l'ouvrier revenait du marécage porteur d'une carcasse, son fardeau dans les bras, il avance avec précaution pour livrer l'objet intact au maître qui le guette du pas de sa porte.

Puis le repas terminé débarrassait la table, envoyait au lit l'enfant et le vieillard, la nuit tombait, le vent avait cessé, sur l'orme immobile cette forme blanche qu'on aurait prise de loin pour une carcasse, ajourée et frêle, la vieille mettait à infuser dans un pot des tiges fraîchement cueillies, la nuit tombait, sur l'orme immobile un corbeau restait perché, puis débarrassait la table et envoyait au lit l'enfant et le vieillard, l'ouvrier arrivait chez le maître avec son fardeau, elle posait sur sa fenêtre le récipient, cette forme blanche descendue du toit...

Posait l'infusion sur sa fenêtre, la nuit était venue, le maître rêvassait devant les étoiles quand soudain une forme blanche qu'on aurait prise de loin pour une carcasse, ajourée et frêle, glissait du toit voisin sur l'arbrisseau dépouillé de son simulacre par un orage, la torpédo au tournant de la route l'éclairait de ses phares, l'apprenti sortait quand soudain...

Nuit profondément composée.

Le docteur serait sorti à la brune prenant la direction de chez le maître mais pour une raison inconnue bifurquait à la carrière et s'enfonçait dans la solitude, la nuit était venue, les grillons crissaient dans l'herbe, des luminosités brusques paraissaient à l'horizon nommées éclairs de chaleur quand soudain il voit à quelques mètres une forme tassée sur le sol, il s'approche et reconnaît la gardeuse de chèvres, elle dit qu'elle cherche une aiguille à tricot, en effet elle promène par terre le rayon d'une torche électrique.

Ensuite de quoi la femme aurait dit que ce n'était pas le docteur qu'elle avait rencontré à cette heure mais l'ouvrier, il sortait de chez le voisin qui avait une vache malade à l'étable, l'épidémie gagnait du terrain, il allait falloir abattre du bétail.

La vieille rentrant de nuit sans éveiller l'attention, elle avait dû ressortir seule avec l'excuse d'aller chercher cette aiguille à tricot, les soirées sont longues, que faire sans son ouvrage, mais l'ouvrier l'avait vue du côté du marais, s'était posté derrière une haie, elle épiait autour d'elle... ensuite de quoi elle rebroussait chemin et tombait sur l'apprenti en train de replacer l'épouvantail dans l'arbrisseau.

Ou que cette histoire d'épidémie était une invention du volailler qui veut vendre sa marchandise et répète n'importe quoi dans le pays, les gens sont assez bêtes pour prêter foi à ses bobards.

La bonne allumait la lampe, repoussait les papiers de côté et mettait le couvert.

Un crime sans fin, perpétré depuis des années dans cette maison froide, aucun bruit, le maître est absent, des yeux épient de partout et des oreilles sont aux aguets.

A sa table penché sur le livre vieillot notait en marge d'une phrase creuse ceci viendra à son heure quand soudain la bonne fait irruption, c'est-il des manières de rester comme ça dans le noir, elle allume la lampe, il dissimule sous sa veste la torche dont il promenait le rayon sur le livre, on l'avait vu par la fente du volet.

Ensuite des heures à ruminer des bribes, il ne restait sur la page de souvenirs que taches d'encre et graffiti, sa vie avait émigré ailleurs.

Dans les ormes ou le bois de pins, dans ces carcasses partout, les scintillements, les silences nocturnes, éparpillé, défait, irrécupérable, le livre resté ouvert sur l'image vieillotte, la pendule détraquée, désarroi sans mesure, paroles à la dérive comme autant de désaveux, pourchassé jusque dans ses rêves il n'aurait plus d'histoire qu'écrite, plus de respiration que littérale.

C'est peut-être à ce moment que le volailler est apparu au portail, donc sur le soir, le maître se calmait, il fit asseoir le bonhomme et le laissait dégoiser ses hantises, le docteur lui dirait surveillez votre foie, passez me voir.

Taches d'encre et graffiti.

D'autres thèmes surgiraient du désarroi des nerfs. Travail de notation en marge.

Quand l'ouvrier était sorti de la grange il pouvait être huit heures et demie, le soir tombait, dernière lueur au couchant, ligne de la forêt presque noire, la terrasse était déserte et la maison tous volets clos, on entendait les grenouilles du côté du marais, la journée avait été chaude pour la saison.

De cette année morne, sans relief.

Passé inaperçu qui dans l'esprit de certains aurait joué son rôle et déclenché le mécanisme.

Arrivée à la carrière la vieille posait son pliant dans l'herbe et se mettait à son tricot pendant que son bétail bêlant et brinquebalant batifolait dans la betterave, le clebs s'amusait à mordre les jarrets, quand apparaît l'ouvrier au tournant, il rejoint la femme et désigne de loin le bois aux carcasses, l'autre hoche la tête, recompte ses mailles, puis la torpédo débouche du côté opposé.

Une histoire d'exil à n'en plus finir que le maître appelait l'exode, sourde détresse, cette fuite de génération en génération, épisodes sanglants ou burlesques dans les gares et les wagons en partance, une plainte qu'on percevait dans ses moindres propos, mal inguérissable, ce territoire originel sous l'entassement de bagages bâclés, tout un fatras de faiblesses et de compromissions, une voix grelottante qui n'avait jamais pu tarir, repentir de malade, mea culpa de guignol à vous dégoûter des confidences.

La mère dans le wagon de l'exil.

Ce murmure entrecoupé de silences et de hoquets.

Source d'information défaillante.

Autre thème surgi du désarroi des nerfs, celui de l'adopté.

Le docteur attendait.

Quand soudain l'épouvantail fit sursauter le maître.

Tu comprends disait-il nous étions associés Alfred et moi, je veux dire Rodolphe, dans une affaire de je ne sais quoi, je n'avais pas les aptitudes et le laissais sans vergogne manœuvrer et se débattre de sorte que l'association s'est dissoute comme elle s'était soudée, au fil des jours, il y a de ça des années.

Une réalité nouvelle.

Tu comprends disait-il je suis resté avec l'enfant, quel âge pouvait-il avoir, dans les quinze ans, pour moi il serait toujours l'adopté, faible de corps et d'esprit, sa mère nous l'avait confié ne sachant pas qu'en faire, nous non plus, on lui donnait des petits travaux qu'il faisait tout de travers.

Mais l'époque ne valait pas mieux que la présente et pour autant que je puisse être objectif elle n'avait pas plus d'avenir.

Quant à savoir le genre de père que j'étais mieux vaut n'en pas parler, disons une sorte de tuteur ou de bâton moins fragile mais l'assemblage ne devait pas être beau, nous étions retirés ici et les jours passaient comme ils s'étaient levés dans une espèce de... et les jours passent sans passer, à défaut de calendrier et de passion rien ne passe, nous étions dans cette maison sans histoire avec du vent dans les tuiles...

Il y aurait de ça des années qu'Alfred ou Rodolphe ne me trouvant plus à son goût m'aurait donné congé ou des années qu'il serait mort ayant au préalable liquidé ce qu'il appelait notre situation, pour autant que je me souvienne la mistoufle, il m'en revient des souvenirs par bribes principalement dans le sommeil, toute une série de tracasseries qui nous paraissaient des casse-tête, on a bien raison de dire d'un ennui qu'on n'en parlera pas dans cent ans.

Car j'étais seul bel et bien, l'adopté je ne le voyais qu'aux heures des repas et encore, il continuait comme par le passé à piéger des rats et des poules, je ne l'entendais ni se lever ni se coucher, il devait loger dans une grange, peu délicat de ma part de lui demander mais je ne vois pas où il aurait pu nicher ailleurs à moins qu'il n'ait préféré un fossé ou un fourré ou un fumier, parfois il sentait mauvais, peu délicat de lui faire une remarque, je n'exigeais qu'une chose, qu'il prenne un tub le samedi et alors je le savonnais, je le brossais à lui arracher la peau, ça ne pouvait pas lui faire de mal.

L'ouvrier venait de passer.

Je n'exigeais qu'une chose, le savonner moi-même dans son tub tous les samedis ou à peu près, sans calendrier ni passion il m'arrivait de me tromper et je me sentais moins seul à ces moments, j'ai sa peau sous ma main, je le savonne partout sans exception de A à Z, peut-être plus le Z, à dire vrai c'est moins une corvée qu'un plaisir, ou si dans ma hâte à être moins seul je le savonne deux fois par semaine mettant mon erreur de calcul sur le compte de l'absence de calendrier.

Je n'exigeais qu'une chose, le savonner moi-même dans son tub chaque fois qu'il sentait mauvais et c'était fréquent tout en me disant qu'il fallait y prendre garde, on ne sait jamais ce que le Z nous réserve dans une situation comme la nôtre, isolés que nous étions dans cette maison et ses dépendances dont une grange où il aurait dormi.

Sans calendrier ni passion.

Une situation que j'aurais voulue ou préférée sans en avoir eu d'antérieure, quelque chose comme l'alouette qui nous tombe dans le bec ou le cheval donné, on n'y regarde pas la dent.

Une maison et ses dépendances, isolée, où je me serais retiré et où l'idiot serait tombé comme l'alouette, je n'y ai pas regardé, le laissant s'installer dans une grange ou un fenil, aucun droit sur lui, des devoirs tout à coup que je n'avais pas cherchés, me voilà embringué dans une situation sans avenir qui ressemble à s'y méprendre...

Bref une situation.

Ce me fut délicat au début ne connaissant pas les mœurs d'un demi-père ou disons d'un demi-adopté, faut-il me demandais-je le savonner dans son tub quand il sent mauvais, faut-il lui demander où il niche, me rappelant fort peu sa situation antérieure ou disons la mienne, cette association avec Édouard ou Rodolphe dans laquelle sans responsabilité j'aurais laissé s'effeuiller le calendrier en pensant à Dieu sait quoi pendant des années.

Sa vie émigrée ailleurs.

Et me disant que sans passion.

Me rappelant fort peu ma situation antérieure, celle qui avait précédé l'association, chose qui aurait pu m'éclairer sur mes devoirs du moment mais allez lutter contre ce sommeil, comment appeler ça autrement, dans lequel nous reviennent par bribes les souvenirs d'une situation qui n'était peut-être pas la nôtre, dans quel guêpier me suis-je encore mis, or de la présence de l'idiot je ne pouvais douter.

D'autres distractions comme d'observer les papillons ou de désherber le pré, oui nous le désherbions, diversité incroyable de plantes au mètre carré, j'essayais de me rappeler les noms et de les inculquer à mon protégé.

Contre ce sommeil.

Moi donc qui parce que j'avais souri ou roté par distraction faisais figure d'associé de Rodolphe, les choses tiennent à si peu, on m'avait vu à table peut-être ou traverser le jardin pour ouvrir le portail aux visites.

Car j'ai beaucoup aimé les visites ou ce qu'on nommait tel, l'attention pour moi de Rodolphe pouvant fort bien me suggestionner, me pousser sur la voie de l'imagination afin de me voir sourire ou roter devant cette créature de sa bonté qui n'était autre que la cuisinière ou le facteur, je n'aurai jamais assez de reconnaissance pour ce Rodolphe qui m'a tant aimé, Édouard je veux dire, quelle délicatesse, tout ça parce que l'ennui qui suintait de notre existence était tellement compact qu'on n'y voyait pas à deux mètres, la cuisinière ou le facteur étant à peine différenciés dans ce brouillard, il n'avait qu'à dire encore une visite tu vois comme on nous gâte, ce qui n'implique pas que je n'aie roté que devant ces subalternes, c'était un exemple.

Quand je me levais le matin l'idiot était déjà debout, il furetait dans la cour à moitié habillé, ses cheveux dans la figure, de loin une certaine élégance, celle de la jeunesse, de près ses yeux absorbaient toute l'attention, d'une tristesse, dans ce paradis vague des crétins ou est-ce un enfer, le même pour tous, j'en ai connu beaucoup, endroit où nous n'accédons pas, d'ailleurs je n'en sais rien, ce besoin de m'attendrir aura faussé toutes mes notions d'autrui, il avait des yeux de crétin c'est tout, trop écartés et qui n'allaient pas dans la même direction, preuve que mon histoire de paradis est sans valeur, il y en aurait à ce taux un pour l'œil gauche et un pour l'œil droit.

Ah non la bonne volonté ne m'aura pas manqué mais la paix si et peut-être qu'à la résolution de ma situation antérieure lorsque je me suis retrouvé seul avec cet enfant ai-je souhaité la trouver enfin mais non, rien, comment la confondre avec cette espèce de mélasse où je m'enlisais à moins que ce ne soit ça la paix, ça la grande sœur de la bonne volonté.

Deux mécanismes au ralenti.

Je regardais l'idiot s'égayer dans la cour, il faisait des pâtés et je lui voyais soudain un bras se fracturer ou une jambe ou une oreille qui tombe, vite je l'appelais pour qu'il me sourie, recours que je n'avais pas avec les assiettes cassées mais le jour où il ne me sourirait plus ne serait-ce pas sa fin à lui, plus envie de me rester, plus envie de son tub et le voilà parti vers d'autres soleils, d'autres adoptants, d'autres pâtés.

On a raison de dire d'un ennui qu'on n'en parlera pas dans cent ans.

Comme disait ce pauvre Raymond lorsqu'en mourant il m'a collé le crétin, de quoi remplir ton existence, inquiète-toi de son avenir, fais-lui prendre son tub, et ces confitures qu'il n'avait pas eu le temps d'achever, je parle de Raymond, il m'a fallu les recuire après l'enterrement et nous en mangions encore des années après, qu'on imagine le plaisir, il me fallait tout reprendre à zéro, l'enfant voulait savoir, que c'étaient des prunes de notre jardin, que nous les avions cueillies avec Edmond, que nous avions acheté une marmite et qu'il est mort comme ça en plein boum de confitures, tellement déprimant qu'il m'arrivait de ne pouvoir la finir, je faisais la vaisselle en ruminant le plaisir que nous aurions eu à la manger ensemble, je parle de la confiture, moi l'entendant, je parle de Rodolphe, répéter à l'enfant avec cette patience que c'étaient des prunes de notre jardin, tu m'écoutes, cueillies te rappelles-tu avec tonton Nanard, je parle de moi, qui a acheté avec toi cette grosse marmite où tonton Momolphe a cuit la confiture que s'il n'était pas mort il mangerait aujourd'hui avec nous, puis de dégoût à la vomir à force de remâcher l'enterrement, grosse chaleur, une odeur de cimetière dans nos fruits qui clapotent, le pauvre tonton sur son lit avait l'air de cligner de l'œil, ces sortes de choses, tout en me disant qu'on n'en parlerait pas dans cent ans, qu'est-ce que la confiture, qu'est-ce que la mort, tout passerait au fil des jours.

Ah non la bonne volonté.

Quant aux travaux ménagers, récurage, vaisselle ou tub, j'avoue m'en accommoder, la tête ou ce qu'on nomme tel fait son ménage de conserve, combien de souvenirs me revenaient alors rétablissant la situation qui sans eux eût penché dangereusement du côté du sommeil, c'est ainsi qu'un écossage de pois pouvait aiguiser mon jugement au point de me faire intervenir à temps lorsque l'idiot était en danger, cela par le détour des bribes qui de fil en aiguille m'avaient acheminé vers le jour où nous étions, l'heure exacte et la seconde au-delà de laquelle mon crétin tombait de l'échelle ou avalait l'éponge, chose que j'aurais dû déplorer sans mes petits travaux.

Sans calendrier ni passion.

Ce n'est d'ailleurs pas que nous n'eussions plus de visites, j'ai toujours aimé ça et il en venait encore de loin en loin, une fête pour nous deux, ma sensibilité aiguisée me faisait me retourner vers la vallée au moment précis où tout au bout, là-bas, des kilomètres, la visite en voiture ou à vélo voire à pied débouchait de la forêt, elle était pour nous aucun doute, nous nous postions sur la terrasse et la regardions progresser, une fourmi à cette distance, et je disais encore une visite tu vois comme on nous gâte, qui ça peut-il être, la route est sinueuse, ici un boqueteau, là un vieux mur, la visite grossissait, l'enfant demandait qu'est-ce que c'est une visite et je reprenais tout à zéro, c'est une voiture ou un vélo ou une personne à pied qui vient nous voir, pourquoi nous voir, parce que les yeux ont besoin de se ressouvenir pour que le cœur soit content, qu'est-ce que le cœur, ah le cœur, petit, le cœur c'est... mais qui ça peut-il être, la visite grossissait, c'était une voiture torpédo.

Une torpédo ancien modèle, nous étions postés sur la terrasse à reprendre tout à zéro, qu'est-ce qu'une année, des années, tout en suivant la visite, la guettant d'un tournant à l'autre, je préparais mes phrases, une chaise transatlantique, bientôt le dernier tournant, plus que cent mètres, plus que cinquante, la torpédo allait stopper, elle stoppait, la visite descendait de voiture.

Dans cette fièvre qui nous prenait trois fois l'an.

Nous qui avions préparé du sirop, une chaise transatlantique, des phrases pour une visite, des mains propres et des sourires d'adoption.

Évoquer des bribes, reparler de Momolphe, faire les honneurs de nos tuiles, de notre confiture et de nos enterrements.

Ce bonheur de demi-crétins en train de casser la vaisselle ou de se laver le Z.

Or il arrivait à l'idiot de se perdre dans le bois et je partais à sa recherche en agitant une sonnette, il accourait comme si c'était moi la chèvre perdue, sa fréquentation aura été la source de bien des découvertes.

Or la visite prenait un sirop en évoquant Momolphe, elle l'entendait encore lui si bon, comment se faisait-il qu'elle n'ait rien su de son décès, à peine croyable, pour preuve j'apportais un pot que nous dégustions de conserve.

Ce qu'il me fallait de bonne volonté je répète pour ne pas dire à chaque tournant je batifole ou je roupille, les choses ne se passent pas comme ça, une erreur d'inconscient m'aura fourvoyé toute ma vie, cet amour des phrases qui aurait inventé l'enfant et les visites s'ils ne s'étaient trouvés là, au sortir de la forêt, alors que je passais distraitement en ruminant la succession de Momolphe, ce paquet de tracasseries qu'il m'aura légué à son corps défendant... ou qu'ils ne se soient pas trouvés dans le bois mais au tournant de mon sommeil, prenant corps au fil des jours pour réclamer leur part de la succession, comme si ce pauvre Alfred en clignant de l'œil avait prévu mon avanie et tracé avec trois pots de confiture la voie que j'aurais à suivre.

Entrecoupé de silences et de hoquets.

Nous allions faire nos commissions au village, descendant le raccourci entre les haies de prunelliers, l'enfant faisait des bouquets de luzerne et moi comme une vieille nounou je répétais qu'est-ce qu'une luzerne, imaginant qu'un jour il reprenne ses sens et me plaque avec le sac à provisions, je m'étais trompé sur ce point comme sur le reste, ma bonne volonté était cette cochonnerie qu'on a au coin de l'œil après le sommeil, pas assez du reste de ma vie pour l'extirper, ce genre de tristesse, et lorsque nous arrivions à l'épicerie nous achetions des bonbons que je lui laissais suçoter tout en imaginant le jour où sans lui je me traînerais d'un étalage à l'autre et finirais au bistro par oublier ce qui m'avait fait y venir, de sorte que l'amour si c'était ça vraiment oui je m'en serais passé mais voilà, on ne rate pas tous les jours les confitures.

De sorte que mes achats terminés je retrouvais l'idiot sur le trottoir, il avait fini ses bonbons, nous passions au bistro...

De sorte que quand j'avais fini mon pernod j'en reprenais un autre pour replonger dans une situation antérieure où sans Momolphe ni l'enfant... le garçon me demandait qu'avez-vous monsieur Nanard.

Et que compte tenu des situations antérieures on pourrait appeler ça le bonheur, trois pommes de terre dans un cabas et un crétin qui vous colle au derrière mais quelque chose me dit...

Ça passera répétait le garçon, ça passera monsieur Nanard.

Or sans calendrier ni passion...

Car Rodolphe lui aussi venait oublier au comptoir, ainsi se passaient ses matinées, aveugle que j'étais, sa succession ne m'est pas légère, nous irons tous les jours traquer ses hantises au fond de mon godet.

Or un soir que nous n'attendions personne un ami à Rodolphe est venu le voir ignorant son décès, à peine croyable lui si bon, je ne cessais de répéter qu'est-ce qu'une visite mais prenez donc quelque chose, nous devisâmes en regardant l'idiot se profiler très loin sur le couchant, une certaine douceur, et que compte tenu des situations perdues on pourrait appeler ça le bonheur, un goût fade aux choses, le sentiment du devoir accompli à chaque pet qu'on lâche, avec à l'arrière-plan ce paysage de paravent japonais sans perspective, vieil empyrée, vieux bateau qui nous mène comme des écoliers navrés, ils ont raté le concours.

Nous ne devions pas être gais mais la soirée s'est quand même tirée, vous prendrez bien quelque chose, il s'enquérait de l'idiot, sachez qu'il couche dans une grange mais laquelle, et vous monsieur Édouard passerez-vous la nuit dans ma modeste demeure, l'occasion était bonne, non, il était attendu.

Ou le plaisir que j'avais avec l'idiot à prolonger les visites écourtées, si un tel était resté, nous passions la matinée du lendemain à le soigner aux petits oignons, parlez-nous de votre femme et de votre fille, il répond que sa fille est au bal, une créature splendide et tout, quant à sa femme elle n'a pas réussi à le guérir de l'empyrée, ce paradis des navrés japonais, nous faisant modestement cet aveu.

Donc nous désherbions le pré coude à coude, opération fastidieuse qui me donnait l'occasion de répéter qu'est-ce qu'une luzerne, qu'est-ce qu'une chicorée, jusqu'à l'heure du tub ou du facteur mais il n'y avait plus de facteur, où je ruminais l'époque des aspirations mortes dans l'œuf comme si la présente, cette solitude foireuse, régissait déjà le passé, car je n'ai pas toujours été seul, mon attelage avec Edmond en est la preuve, nous avions créé une situation, il m'arrivait de me rappeler le soir qu'un bouton était à recoudre ou un doute à dissiper, j'allais au fond des choses, scrupuleux, méthodique, et souvent il m'envoyait paître, jusqu'au jour où je n'eus plus l'heur de lui plaire, dans quel guêpier, tout en extirpant une racine, conscience à donner le tournis, voilà le résultat, mais cela faisait beaucoup de situations à la fois et très avant dans la nuit je détaillais encore le passé, personne pour mettre le holà, comme si l'amour que je portais au crétin décuplait les distances et qu'au plus fort de la passion l'autre ne fût plus qu'une ombre, une fourmi qui s'éloigne sur la route, elle entre dans la forêt... une longue-vue vite une longue-vue avant que ne s'efface mon dernier attachement.

Donc oui il se levait le matin et traînassait dans la cour, ses cheveux dans la figure, une certaine élégance, j'ai dans les yeux son émoi devant les nuages, dans le nez son odeur d'étable, dans les oreilles ses accents qui m'ont ouvert l'esprit sur l'empyrée des japonais et des crétins, la tristesse des situations sans avenir.

L'heure où je rumine.

Mécanismes au ralenti.

Misère de cette situation, la dernière, la prolonger jusqu'à ce que mort s'ensuive, oublier toute vanité, toute bienséance, rejoindre à petites journées le paradis japonais et m'y inscrire au sommet d'une montagne, fixé à jamais, ou sous une passerelle à regarder couler l'eau de la rivière, trois vaguelettes immuables.

Il me tendait le savon et ma main tombait sur le Z, l'innocent se mettait à durcir.

Tenez dis-je à la visite si vous voulez assister à la chose, et l'ai conduite jusqu'à la buanderie, c'était l'heure du tub, l'adopté se déshabille et la séance a commencé, j'avais alléché monsieur Edmond, vous allez voir ce que vous allez voir, pour tromper l'ennui de cette soirée, faire bander le crétin, peine perdue, la présence d'un tiers le dérangeait, nous avions dû y renoncer.

Triste nature.

Que nous n'ayons pas encore trouvé une phrase, depuis le temps, pour nous en passer de la nature, une phrase qui retienne tout ensemble, on la dirait le matin l'estomac plein jusqu'au soir où devant le coucher du soleil on la redirait la bouche pâteuse, plus besoin de sommeil ni de plaisir, phrase nourrissante, apaisante, la panacée, en désherbant le pré, en lavant le Z des autres, alimentaire, potable, éclairante, jusqu'au jour...

Et ce jour-là dans le paysage sans perspective apparaîtrait l'idiot en séraphin, ses yeux limpides enfin fixés sur le même objet, ses cheveux gominés, son blue-jean impeccable, l'élégance du ciel, et il nous répéterait la phrase qui soudain ouvrirait les portes d'autres empyrées en enfilade, on passerait de l'un à l'autre...

Cette phrase.

Pas encore trouvée.

Tu comprends disait-il, pas encore trouvée.

Travail de notation en marge.

L'épouvantail gisait par terre et le maître s'en approchait, touchait légèrement l'épaule, le blue-jean, il faudrait le replacer dans l'arbrisseau, pas le courage, le simulacre attendrait sur le fumier, détresse sans mesure, ne surgirait plus qu'en rêve, dans quelle grange avait-il dormi, cloué à tous les arbres d'alentour, plus de sommeil, de la chambre à la cuisine il ruminait la phrase qui le sauverait, peine perdue, il n'y avait plus qu'à se laisser couler, la nuit était venue, la pluie martelait le pavé de la cour.

Recroquevillé dans un fauteuil il était déjà raide.

Tu comprends disait-il l'amour si c'était ça vraiment je m'en serais passé.

La mort au moindre défaut de la pensée.

Ici, sans calendrier.

L'idiot avait dû sortir le matin, il n'était pas venu boire son café, la voisine l'aurait aperçu du côté de la rivière en amont du bois de pins, qu'est-ce qu'elle y faisait, loin de son parcours habituel, le maître n'avait pas réagi, l'enfant devait pêcher l'ablette, on l'avait vu la veille fixer un hameçon à son fil, partait avec l'ouvrier ou seul et restait des heures mais rarement au-delà de midi, l'estomac le tenaillait.

Ne plus se souvenir, par à-coups, de la couleur des yeux ou d'un geste, l'enfant ne serait plus qu'une ombre, une fourmi qui s'éloigne.

Il avait dû sortir le matin, la gardeuse l'aurait aperçu du côté du bois de pins mais le docteur se reversait un verre et dit...

D'une année à l'autre ces grands changements en profondeur.

Il avait dû sortir le matin, on l'avait vu la veille fixer un hameçon à son fil, l'ouvrier disait que la gardeuse l'aurait aperçu en amont du bois de pins, qu'y faisait-elle, le maître n'avait pas réagi en train de boire l'apéro sur la terrasse quand soudain la bonne était apparue disant monsieur est servi, formule désuète qui amusait le docteur, il lui demande à propos qui a déplacé l'épouvantail mais elle ne savait pas, la fenêtre de la cuisine donne de l'autre côté.

Serait rentré aux environs d'une heure, il avait parcouru tout le pays alentour, parti dès l'aube, des heures à fouiller le bois, la carrière, les fossés, les taillis, il ne restait que le marais où il voyait l'idiot s'enliser, plus que le torse, plus que la tête, plus qu'une main...

Impossible, il va rentrer d'un moment à l'autre, l'estomac le tenaille.

Mais l'image réclamait son content de chair et l'idiot s'enlisait, le maître accourait, plus que la tête, plus qu'une main que le maître empoignait et hop tirait à lui, arc-bouté à l'arbre aux carcasses jusqu'au matin où le docteur voit tomber la fièvre et sur la demande du malade relit le texte des mémoires, le drame transcrit mot pour mot, l'enfant est au chevet du lit, il prendra son tub tout à l'heure, tu vois disait-il vraiment oui je m'en serais passé.

Sans faille sur l'extérieur.

Tourner, retourner, revenir.

Nuit profondément composée.

C'était le soir de la visite après son départ, l'idiot était allé se coucher, le maître déambulait de la chambre à la cuisine, on entendait dehors coasser les grenouilles et dans le ciel par à-coups fulguraient des éclairs de chaleur, fenêtre ouverte sur le jardin, tout est en ordre, la maison à l'époque n'était jamais fermée et de projets autres que de l'habiter il n'était pas question, le bonheur, un goût fade aux choses avec le sentiment... déambulait de la chambre à la cuisine, je le vois encore, une certaine élégance, avec dans les yeux cet éclat froid et traqué, il parlait tout seul volubile et théâtral pour stopper net, se regarder dans le miroir et retenir comme un hoquet, curieux personnage, on ne lui a connu d'attachement que celui de l'idiot et plus tard du docteur, amitié amortie, quelque chose de cassé dans la mécanique, ont-ils goûté ensemble un jour de vraie gaieté, quand soudain sur le pas de la porte apparaît le cadavre braguette ensanglantée, le maître a reculé et s'est affalé sur le lit, la gardeuse s'approchait et lui touchait l'épaule, ils sont venus le reconnaître pendant que le docteur dans les papiers relisait textuelle la phrase murmurée.

Un demi-mot d'intervalle.

Images à débarrasser de leurs scories.

Il aura voulu se servir de la tronçonneuse, l'aura chipée au voisin, mise en marche et l'engin dérape, un faux mouvement du crétin, l'affreuse blessure le vide de son sang. Il s'est affalé sur le fumier en se tenant le bas-ventre. Il n'y avait personne à la maison, la bonne en courses au village et le maître à la promenade du côté du marais. C'est vers une heure qu'on l'aurait découvert râlant sous l'arbrisseau. L'enfant en apportant le canard aurait fait un détour par le bois, aurait vu le blessé sans connaissance avec cette tache rouge qui s'étale, qui s'étale, il s'enfuit chez sa mère qui vient reconnaître le corps inerte.

Je vois encore la femme s'approcher du cadavre un falot-tempête à la main, elle s'est penchée, lui a touché légèrement l'épaule puis a relevé la tête vers l'épouvantail bras en croix dans l'arbrisseau, la lampe éclairait d'en bas le blue-jean en loques, un chiffon rouge venait de tomber, elle le ramasse et son aîné le replaçait tant bien que mal, ils étaient allés prévenir le maître puis soulèvent le corps et le portent dans la chambre, on l'a mis sur le lit, il était déjà raide, la bonne s'occupait de chauffer du café, le maître sanglotait appuyé à la cheminée et le docteur...

Suivait le récit de l'enterrement, centième redite, avec pour thème de fond l'amour paternel ou ce qui en tenait lieu, une saveur équivoque, des sentiments désordonnés pour ne pas dire pis et qu'un coup de pernod de plus aurait fait sombrer dans Dieu sait quoi, eh oui la nature, nous l'aurons entendue dans toutes ses versions l'histoire du tub et du savonnage, pimentée cette fois par la plaie sanglante, un désespoir d'épouvantail, un échec sans précédent, bref de quoi rêvasser.

Alors le docteur penché sur le cadavre d'un coup de bec tirait de la blessure une chose sanguinolente qu'il disait le morceau du connaisseur, mouvement des mandibules et claquement de langue, replongeait dans le trou et en sortait le manuscrit intact, un vrai miracle, chaussait ses besicles et relisait la phrase où l'autre trouvait un goût amer, nos rapaces sont à l'œuvre, du pauvre corps il ne restait que le crâne et une main crispée sur la chaînette de communiant, ce genre d'image fatiguée qui vous avait pourtant une note poignante, le temps des joyeux naufrages, qu'on était jeune, tout ça pour en revenir à l'homme qui s'avançait dans le crépuscule en hissant le simulacre, vol de velours tache d'huile sur les nuages, mauvais augure.

L'enfant en apportant le canard avait fait un détour par le bois, il avait vu l'idiot en train de décrocher l'épouvantail et était accouru, ils avaient transporté le simulacre du côté de la grange, l'avaient placé dans le renfoncement, je vois encore le lambeau rouge qui servait de ceinture, le blue-jean qui s'effiloche, la veste écartelée sur l'échalas quand soudain le soir tombe, on ne distinguait plus les contours, la sentinelle de paille pouvait faire reculer, puis l'enfant retournait sous l'arbrisseau où il avait déposé son cadavre et l'apportait à la bonne qui a sorti deux sous de son tiroir, tiens pour ta peine, elle mettait le canard au frigo.

Une chose sanguinolente.

C'était bien avant ce temps qu'aurait commencé l'histoire mais là encore que de prudence, que d'attention, éléments épars, tout aborder par la tangente, et pour en tirer quoi, bribes sans saveur, processus fourbu des exils de tout poil...

Faire taire le murmure.

Dans le placard le docteur prenait le blue-jean et le chiffon rouge pour en confectionner l'épouvantail, clouait les bouts de bois puis rassemblait de la paille et en bourrait les nippes accrochées au gibet, au temps des étourneaux qui dévastent les cerisiers, au temps des projets de jardinage, au temps des visites et des amitiés sans ombre...

Puis tout s'efface.

Le maître a repris sa lecture.

Des plantes liliacées contre un mur, des herbes vénéneuses en touffes dans le jardinet corseté, le banc où elle reste assise son tricot sur les genoux, elle ne dort pas, fixe un point au-delà du puits, les chèvres lui rappellent l'heure, elle se lève d'un bloc, rajuste son tablier et boitillant suivra la petite route derrière son troupeau, le clebs caracolait dans les chaumes.

L'homme profitait de l'absence de la vieille pour se glisser dans la cuisine, il ouvrait le placard, le buffet, allait voir sous le lit, revenait, fouillait un coffre quand un chat dehors a miaulé, l'intrus sursaute, personne au jardin, il sort en longeant le mur, il a disparu.

Le maître a repris sa lecture.

Il débouche de derrière l'arbrisseau, il avance dans notre direction, il tient le chiffon rouge qu'il pose sur sa tête, on voyait le sang couler le long de la tempe, il s'est affalé sur la terrasse.

Il débouche à l'angle de la maison venant de la pièce froide, tenant le livre relié de cuir rouge, il s'assoit sur une chaise, il se prend à trembler, la saison était avancée, plus une feuille aux ormeaux, cette bise qui s'engouffre dans la cour, il reste des heures à fixer un point au-delà de la grange, la nuit tombait, il sursautait à l'appel du docteur qui n'était plus de ce monde, tête ailleurs, répétant les choses sans fin.

Se passait la main sur le front et disait je l'ai vu s'avancer tenant cette chose rouge, de loin nous saluait et passant par l'allée des bassins regardait à gauche et à droite les bustes de satyres ou de nymphes des bois, disparaissait derrière les orangers et reparaissait ici, il ne s'attendait pas à voir le docteur, ensuite il ne se souvenait plus, j'étais pourtant là qu'il répétait, nous buvions le pastis, je ne vois plus que le chiffon tombé par terre et les bottes maculées de vase, revenait du marais, quelqu'un était étendu à qui on prodiguait des soins, ensuite la pièce froide traversée et le lit, quelqu'un agonisait, tâchez de vous rappeler... il répondait peut-être bien, d'autres détails, je vais revoir, la lampe sur la table oui, la pendule sur la cheminée, la porte...

Sortir la nuit dans le jardin, compter ses pas jusqu'au puits, refaire le trajet en sens inverse puis bifurquer en direction du muret de clôture, quatre ou cinq mètres jusqu'à l'arbrisseau, par une nuit de lune l'épouvantail vous aurait fait sursauter, ils l'avaient bourré de paille, veste et pantalon au voisin, casquette à l'ouvrier et ce foulard rouge qui était tombé affirmait l'enfant, il avait voulu le remettre mais trop petit avait fait dégringoler le simulacre, il est maintenant sur le fumier.

La mort au moindre défaut de la pensée.

Pour la nuit se relever, allumer la lampe, tous volets clos, la pendule le fit sursauter, quelqu'un venait d'entrer dans la cuisine par la porte de service, il y a une tache rouge contre le mur, il avançait en retenant son souffle, c'était l'enfant du voisin, avait oublié son porte-monnaie dans le tiroir, tu m'as fait peur dit le maître mais le petit était loin, quelqu'un arpentait la pièce, les voisins venaient de sortir, le café refroidirait dans la cafetière, il s'est assis dans le fauteuil comme répétant cette farce funèbre, par la fente du volet épiait l'épouvantail qui soudain s'est abattu sur le fumier, cadavre de l'idiot ou de l'homme au canard, casquette d'ouvrier et bec d'oiseau, le bréchet cassé d'un coup de canif, il s'est pris la tête dans les mains, la pendule le fit sursauter.

Ou dans le bois aux carcasses très tôt le matin oublier ce rêve, on entendait le bêlement des chèvres quand soudain l'enfant disparaît dans le marais, quelqu'un ricane, il s'est retourné, l'écho de la fontaine...

Pour la nuit se relever, compter ses pas jusqu'à la cuisine, l'enfant avait assisté au massacre, un contour précis avec ce trou dans le bas-ventre.

Pour la nuit se relever et noter dans le carnet une image qui se défait à mesure, des bribes, ce passé problématique, la vieille bouche édentée, le cadran, deux aiguilles à tricot... la pendule le fit sursauter, le docteur qui s'éloigne, une fourmi à cette distance, les visites d'alors, l'idiot du matin ses cheveux dans la figure, la ligne bleue de la forêt, ces pastis interminables et les vols de corbeaux, une défaillance, puis plus rien, la nuit tombait.

Le calme. Le gris. A sa table notait. Dehors ces brouillards d'une saison à l'autre. On retourne au marais, plus d'arbre au pendu. La vieille ne quitte guère le coin de son feu. Des choses se taisent, des gens dorment. Quoi d'autre. Le docteur dans son cadre à fleurettes semble cligner de l'œil. La bonne partie en courses...

Puis il refit son testament.

Je soussigné dans la pièce froide, ciguë, pendule détraquée, je soussigné dans le marais, chèvre ou carcasse d'oiseau, je soussigné au tournant de la route, au jardin du maître, vieille femme à maléfices, sentinelle des morts, satyre, simulacre, en camionnette sur ce trajet dévié par le mauvais œil, jouet de cette farce qu'on nomme conscience, personne, je soussigné minuit en plein jour, chavirant d'ennui, vieille chouette, pie ou corbeau...

Se relever la nuit, retourner au carnet, refaire le testament, chavirer d'ennui, ouvrir la porte, franchir le seuil, attendre en rêvassant cette vieille gardeuse d'aube qui disparaît dans le bois, grise et boiteuse, la sentinelle est allée dormir, le jour peut poindre, le rose et le bleu, une matinée, rentrer dans la pièce froide et détraquer la pendule, geste de maniaque, d'une saison à l'autre, de nouveau la nuit.

Quant à la sentinelle elle s'était assoupie dans le recoin de la grange, on voyait l'homme assis, sa tête pique en avant, l'aube viendra le secouer, vieille gardeuse de rêves, son troupeau s'ébroue et elle disparaît au tournant, le jour va poindre, les gens rouvrent l'œil, le cauchemar s'efface, vont le rattraper maille par maille au long de la journée et le soir s'y replonger jusqu'à l'aube suivante, grise et boiteuse, ses chèvres suie et cendre, chimères.

Je soussigné sentinelle des morts, au croisement des routes, aux confins des terres si grises dans le carnet de notes, au faîte de l'orme d'où se découvre la misère de notre pays, rien que des pierres, je soussigné sur le fumier, dans l'étable des chèvres, à l'aube, au crépuscule, ce devait être avant les horloges et tout ce fatras de mesures et de savoir-faire...

Suit une désignation des biens mais de telle sorte...

Son existence comme décrochée.

Le docteur dans son cadre à fleurettes.

Par une matinée d'octobre ou était-ce novembre, les ormeaux ont perdu leurs feuilles, les vendanges sont faites, betteraves et citrouilles s'empilent dans les cours, le docteur est sur la terrasse. Son chapeau dans l'herbe à côté de lui. On distingue entre les massifs de fleurs pourrissantes une statue tombée de son socle. Plus loin ce qui fut le portail, un vantail absent, l'autre délabré. La camionnette s'arrête devant, l'homme en sort, il fait mine de s'avancer puis se ravise et contourne le muret de clôture. Le maître débouche de derrière la maison, venant de la cuisine. Il porte un plateau qui semble lourd, des objets s'entassent dessus, on distingue mal. Le brouillard qui monte de la rivière s'étale avec rapidité, on ne voit plus rien. On entend le docteur dire asseyez-vous, on entend le mot marais, le mot tournant, mais très vite les paroles s'estompent, il n'y a plus qu'un bruit de hache sur le billot du côté des voisins, qui disparaît à son tour.

Jusqu'à la tombée de la nuit.

Assis à cette table quelques heures avant retrouvé mort sur le fumier, une sentinelle veillait qui n'avait aperçu que le défunt un jour gris, froid, se serait approchée de la fente du volet et l'aurait vu distinctement détraquer la pendule puis rester prostré sur sa chaise, les coudes sur la table, la tête dans les mains.

Sirancy, 1968.

CET OUVRAGE A ÉTÉ ACHEVÉ D'IMPRIMER LE CINQ JANVIER MIL NEUF CENT QUATRE-VINGT-NEUF SUR LES PRESSES DE L'IMPRIMERIE DE LA MANUTENTION A MAYENNE ET INSCRIT DANS LES REGISTRES DE L'ÉDITEUR SOUS LE NUMÉRO 2359

Dépôt légal : janvier 1989

9"782707"300867
ISBN 2-7073-0086-1